새엄마

육아
일기

새엄마

육아
일기

오진영 지음

여덟 살 아이가
마흔 살 내 앞에
나타났다.

그리고 인생이
송두리째 바뀌었다!

시작하는 말

아들이 초등학교 다닐 때 있었던 일이다. 학교에서 돌아온 아이가 오늘 선생님이 들려준 무서운 이야기를 내게 해주겠다면서 다음과 같은 얘기를 했다.

"아빠가 재혼을 해서 새엄마랑 살게 된 애가 있었대. 그런데 새엄마는 그 애를 되게 싫어했대. 어느 날 새엄마는 애를 데리고 바닷가에 놀러갔대. 거기서 아무도 없을 때 높은 바윗돌 위에서 애를 밀어서 물에 빠뜨려 죽여버렸대.

그리고 얼마 후에 새엄마한테 아이가 태어났대. 아이가 커서 둘이 바닷가에 놀러갔대. 그랬는데 아이가 바윗돌을 보더니 엄마를 돌아보면서 '엄마 나 또 밀 거야?'라고 하더래"라는 얘기였다.

순간 머리카락이 쭈뼛 일어섰다. 그건 정말 내가 살면서 들어본 가장 '무서운 이야기'였다.

부부 네 쌍 중 한 쌍이 이혼하는 세상이다. 같이 앉아 그 얘기를 들었던 아이들 중에는 우리 아들 말고도 새엄마, 새아빠와 사는 애들이 더 있었을지 모른다. 그런 아이들에 대한 배려는 전혀 없이 저런 얘기를 재미난 옛날이야기랍시고 들려주는 초등학교 선생님이 있다는 사실이 나는 정말 무서웠다.

신데렐라 이야기까지 거슬러 올라갈 것도 없이 세상에는 나쁜 계모 이야기가 참 많다. 동화뿐만 아니라 뉴스에도 의붓자식 학대, 폭행으로 물의를 일으킨 계모, 계부 이야기가 잊을 만하면 나오고 또 나온다. 그런 이야기가 많아도 새엄마 새아빠는 다 큰 어른들이니까 괜찮고 개의치 않을 수 있다. 그리고 새엄마 새아빠가 된 것은 본인의 선택이었으니 "나는 어쩌다 의붓자식과 사는 신세가 되었나" 한탄할 일이 아니다.

그런데 자기가 원해서 의붓부모랑 살게 된 게 아닌 아이들 심정은 어떡하나. 아이들은 은연중에 "의붓부모랑 산다는 건 되도록이면 숨겨야겠어. 남들이 알면 날 불쌍하게 볼 거야"라는 생각을 하며 자라지 않을까. 내 아들처럼 의붓부모와 사는 아이들이,

온 세상에 넘치도록 흔한 나쁜 계모 계부 이야기를 들으며 자란다는 생각을 하니 마음이 몹시 슬퍼지곤 했다. 여덟 살 된 사내아이를 만나 새엄마가 됐던 나는 그게 참 많이 가슴에 걸렸더랬다.

언제부턴가 나는 이런 세상에 '의붓자식을 사랑하는 새엄마 이야기'도 하나쯤 책으로 있다면 좋겠다는 마음을 먹었다. 우리 아들처럼 계모 계부 아래서 크는 아이들을 위해 그런 글을 쓰고 싶었다. 뉴스에 나오는 나쁜 계모 계부는 어느 인구 집단에나 있는 소수의 범죄자일 뿐이고 의붓부모 아래서 좋은 보살핌을 받으며 자라는 가정이 많다. 그런 아이들과 부모들이 내 이야기를 읽으면 좋을 것 같았다. 아이가 초등학교 다니던 오래전부터 그런 생각을 해오다가 아들이 동화 듣는 나이를 훌쩍 지나 군대 다녀온 대학생으로 커버린 이제서야 이 책을 내게 됐다.

아들은 일곱 살이고 나는 서른여덟 살이었던 17년 전, 내가 아들 있는 남자와 결혼하겠다고 말을 꺼냈을 때 나를 낳아주신 나의 엄마는 결사반대하셨다.

"내가 널 세상에서 가장 잘 안다. 너, 남이 낳은 자식 절대 못 키울 인물이다. 같이 살다 그만둬서 어린아이 마음에 상처 주지 말고 그 남자와는 연애만 해라"라는 게 우리 엄마 말씀이었다. 엄마 눈에는 내가 그렇게 보였을 수도 있다. 원래 부모는 자식을 잘 모르고 자식은 부모를 잘 모르는 법이다. 부모 눈에는 자식은 항상 못미더운 존재인 경우가 많다.

어쨌든 나는 그로부터 1년 후 2006년에 그 남자와 결혼했다. 그리고 남이 낳은 자식을 훌륭하게 잘 키웠다. 잘 키웠을 뿐만 아니라 의붓아들은 이 세상에서 내가 받은 가장 큰 선물이었고 축복이었다고 만나는 사람마다 붙잡고 신앙 간증하듯 고백했다. 그리고 그걸로 직성이 안 풀려서 이렇게 책까지 내게 됐다.

처음부터 아들이 예쁘고 하늘에서 떨어진 선물같이 신기했던 건 물론 아니었다. 결혼 전 1년 넘는 기간 동안 남편과 데이트할 때 아이를 같이 데리고 다녀봤고 함께 여행도 가봤는데 그 당시 아이에 대한 감정은 덤덤했다. 특별히 이쁘지도 않고 특별히 마음 끌릴 것도 없는 그냥 어린 생명체. 손이 많이 가는 작은 생명체였다.

그랬는데 남편 집에 들어가 같이 살기 시작하고 한 달이 채 안 지났을 무렵이었다. 당시 초등 2학년이었던 아들이 어느 날부턴가 다르게 느껴지기 시작했다. 지금 내 앞에 있는 이 아이가 지난 1년 동안 데이트할 때 같이 보던 아이, 놀러가서 하룻밤 함께 자고 오기도 하던 그 아이가 맞나 싶을 정도로 생판 다른 존재로 느껴졌다.

돌이켜보면 그건 매일 하루 종일 붙어 사는 돌봄의 시간과 보살핌의 노동이 불러일으킨 기적이었다고 생각된다. 내 손길이 가지 않으면 아무것도 하지 못하는 작고 연약한 존재에 대한 느낌은 가끔 만나 잠깐씩 보던 아이에게 가졌던 것과 확연히 달라져 있었다. 아이는 내 돌봄에 온전히 의지할 수밖에 없는 너무나 약하고 애처로운 생명이었다. 나한테 생명줄이 달린 거나 다름없는 약하고 애처로운 존재에 대한 연민이 나도 모르는 사이에 내 안에서 쑤욱 커버린 걸 갑자기 발견한 건 어느 날 아침이었다.

여느 때처럼 그날도 아이 책가방을 싸주고 옷을 입히고는 품에 안아 입을 맞춰주며 다녀오라는 인사를 하고 있었다. 앞으로 더 자세하게 얘기하겠지만, 내 엄마는 화가 날 때나 자식들이 당신 말을 안 듣는다고 못마땅해할 때면 평정심을 잃고 소리를 지르며 자식들 자존심 짓밟는 험한 말을 했지만 그렇지 않을 때는 풍부한 애정 표현과 넘치는 스킨십을 폭풍처럼 쏟아부어주었다. 그 영향으로 나도 우리 엄마가 나 어릴 적 그랬듯이 아이를 얼싸안고 쪽쪽 소리 요란하게 뽀뽀해주고 있었는데 옆에서 그 모습을 물끄러미 보고 있던 남편이 이렇게 말했다.

"준성아, 엄마가 너 예뻐 죽겠나 보다."

그 순간 내 마음 속에서 무슨 일인가가 휙 일어났다. 나는 그

마법 같던 순간을 지금도 생생히 기억한다. 나에게 철저하게 의지할 수밖에 없는 작은 생명에 대해 내가 느끼던 감정, 나도 모르게 내 안에서 커지던 감정의 정체가 밝혀지던 순간이었다. 그건 나한테 아이를 예뻐하는 마음이 생겼고 이 마음이 점점 자라나면서 내가 행복해질 거라는 예감이었다. 마치 마음 속 어딘가에 있기는 있었는데 내가 모르고 있던 어떤 내가 문을 벌컥 열고 얼굴을 내민 것 같았다. 그 어떤 내가 나타나서 드라마에서처럼, "사랑이 모든 걸 바꾸고 너를 행복하게 만들 거야"쯤 되는 대사를 툭 던진 것 같았다.

아마도 그 문은 언젠가는 열렸을 것이다. 남편이 꼭 그 멘트를 던지지 않았더라도. 하지만 그 순간 남편이 했던, "당신, 지금 아이가 좋아서 행복해 보이는구먼"이라는 말이 결정적으로 마음의 문을 활짝 열어젖힌 손길이었던 건 분명하다.

그 순간과 그 손길을 나는 그 후로 여러 번 떠올리며 생각했다.

일곱 살 난 아들이 있는 남자와의 재혼은 쉬운 결정이 아니었다. 아이 있는 남자와의 재혼은 남자 당사자와의 관계보다 아이때문에 더 어려웠다.

세상에는 "남의 자식 키운 공 없다"느니, "머리 검은 짐승 거두는 게 아니다"는 둥 면도날 같은 말들이 많았다. "남이 낳은 자식 키우는 거 쉽지 않은 일"이라고 진심으로 걱정해주는 친구들도 있었다. 이 결혼 정말 해도 되나를 두고 오래 망설였다. 그 걱정과 망설임에 종지부를 찍고 새로운 세상이 열리는 것 같았던 그날을 다시 떠올려본다.

"아이 덕분에 행복해 보인다"는 옆사람의 말에 귀가 번쩍! 하면서 내 안에서 행복해지길 기다리던 내가 문을 열고 나왔던 그 체험은 나에게 이 책이 누군가에게는 의미 있는 계기를 만들어줄지도 모른다는 기대를 하게 만든다. 우리 안에서 영글고 있던 어떤 개념이나 감정은 마침 좋은 타이밍에 마침 적절한 '남의 말'을 만나면 생각보다 빨리 이끌려 나와서 좋은 결과를 맺기도 한다.

남편의 그 말이 내게 일어날 변화를 앞당겼던 것처럼 어쩌면 나의 새엄마 경험담은 어떤 사람들에게 같은 변화를 일으킬 수도 있다는 생각이 들었다. 물론 어떻게 해도 달라지지 않을 사람에게는 효과가 없겠지만 언젠가 그럴 사람에게는 조금 앞서 끌어내는 효과가 될 수 있을지도 모른다. 그러길 바라는 마음으로 우리 가족 이야기, 나의 새엄마 이야기를 세상에 내놓는다.

아들이 어릴 적 어느 날 같이 앉아서 티비에 나오는 연예인들 육아 프로그램을 보고 있을 때였던 것 같다. 아이가 별안간 풀죽은 목소리로 "나는 육아일기도 없어"라고 말한 적 있었다. 그

때 당황해서 뭐라고 말해줘야 할지 몰랐고 그 일은 체한 듯이 가슴에 걸려 있었다. 나는 속으로 결심했었다.

"아들! 엄마가 쓸게, 네 육아일기. 엄마가 꼭 써줄 거야."라고.

이 책은 그날 혼자 마음 속으로 아들에게 약속했던 새엄마 육아일기다.

아들과 만난 지 열일곱 해가 지난 봄날에

오진영

목차

1장

초등학교

2005년에서 / 2009년까지

1

어느 날 갑자기
엄마가 되었다

나는 서른아홉 살에 결혼하여 여덟 살짜리 남자아이의 엄마가
되었다. 결혼 후 주위 친구들에게 "나 이제 엄마 됐어. 아들은 여
덟 살이야."라고 말하면 대부분의 사람들이 어떤 반응을 보여야
할지 몰라 난처해하는 표정이 되곤 했다.

그런데 딱 한 명, 이렇게 말해줬던 친구가 있었다.

"어머 횡재했네! 완전 날로 먹었잖아!"

그 친구 말대로 여덟 살 아이의 엄마가 되는 건 날로 먹는 일이
었다. 가장 힘든 육아 시기, 즉 갓난애 보느라 잠 못 자고 기저귀
갈고 걸음마 시작하면 잠시도 눈 못 떼고 졸졸 쫓아다니는 시기
의 육아 노동을 홀랑 건너뛰고 공짜로 엄마가 되는 일이었다. 여

여덟 살 초등 2학년 아이는 이미 말귀를 다 알아듣고 눈치도 빠하다. 어른 찜쪄먹는 말도 잘한다. 1년여 전부터 아빠 여자친구라고 알고 있었고 같이 놀러다니기도 했던 아줌마였던 내가, "준성아, 오늘부터 엄마라고 불러"라고 말하자, 아들은 그 말이 땅에 떨어지기도 전에 즉각 나한테 엄마라고 불렀다.

아들이 처음 나를 엄마라고 불렀던 날은 지금도 기억이 생생하다. 우리는 남편이 운전하는 차를 타고 어디론가 가는 중이었다. 앞좌석에 앉았던 내가 뒤에 앉아 있던 아들을 향해 몸을 돌리고 내가 이제 네 엄마니까 엄마라고 부르라고 말했다. 그런 말을 왜 하필이면 운전 중인 차 안에서 했는지 그 앞뒤 사정은 정확히 기억나지 않지만 그러자마자 아이가 덥석 받아서 나를 엄마라고 불렀던 순간의 짜릿했던 감격은 어제 일처럼 떠오른다. 그당시에는 "심쿵"이라는 말이 유행하기 전이었는데 아들이 나를처음으로 엄마라고 불렀을 때 너무 좋아 심장이 통통거리며 나대던 기분이 바로 심쿵이었다.

그날 아들 입에서 엄마라는 단어가 튀어나오는 순간, 나는 갑자기 그간의 모든 사정을 다 알 것 같은 느낌이 들었다. 이 여덟 살짜리 아이는 그동안 엄마가 없는 아이라는 사실이 싫었던 거라고, 입 밖에 내어 말한 적은 없지만 어서 엄마가 생기길 소원했던 거라고, 아빠 여자친구라면서 가끔 같이 나들이 다녔던 아줌마인 내가 빨리 엄마가 되기만을 기다렸던 거라는 그 마음이, 아들이 나를 엄마라고 부른 한 마디에 모든 것이 선명하게 파악됐다. 그러면서 뭐라 표현할 수 없는 감동이 벅차올랐다.

그건 내가, 세상에 태어나 사는 동안 어느 누구에게도 큰 쓸모가 되거나 도움이 돼본 적 없는 인간인 이 내가, 갑자기 누군가에게 그가 간절히 원하던 존재가 되었다는 감동이었다. 어쩌면 새엄마가 된다는 것은, 내가 그동안 아이 아빠와 데이트하는 동안 상상하며 몹시 불안해하고 두려워했던 것과는 달리 제법 괜찮은 일일지도 모른다는 예감을 그때 처음 느꼈다.

한 치의 망설임도 없이 나를 엄마라고 부르는 아이에게서는 새엄마와 잘 지내보겠다는 의지가 느껴졌다. 애가 이렇게 나오는데 명색이 어른인 나는 기꺼이 어른답게 아이보다 한술 더 뜨는 투지와 열의를 불태워야겠다고, 그런 각오를 그날 했던 것 같다.

아들이 초등 3학년 때였다. 학교에서 바느질을 배운다고 했다. 내가 학교 다닐 적에는 바느질은 여학생만 배웠는데 요즘은 성평등 교육 시대라서 달라진 모양이었다.

처음 배운 바느질이 재미있다면서 아들은 실, 바늘과 천을 달라고 했다. 별 생각 없이 반짇고리를 찾아 건네주고 새 부엌 수건도 한 장 내주었다. 얼마 후에 아들이 들고 온 흰 수건 천에는 삐뚤삐뚤한 실 글씨로 "엄마 사랑해요"라는 수가 놓여 있었다. 그 수건은 지금도 내 보물 1호로 고이 간직하고 있다.

그 일이 있었을 당시에는 아이가 한 일이 기특하고 예뻐서 주위에 자랑도 했었는데 어느 정도 시간이 지난 후에 문득 이런 생각이 들었다. 그때 아들은 나한테 잘 보이려고 노력했던 거였구나—라는 생각이.

친엄마라면 그런 노력을 할 필요가 없었을 텐데. 수건에 "엄마 사랑해요" 같은 글씨 수놓는 애교를 떨 필요 없었을 텐데. 새엄마한테 잘 보이고 싶어서 손에 익숙치 않은 바늘과 실로 천에 글자를 한 땀 한 땀 놓았을 심정이 상상이 되어 마음이 아팠다.

그런데 그로부터 또 몇 년이 지난 지금 이 에피소드를 돌이켜 보자니 그렇게 마음 아파할 일이 아니었다는 생각이 든다. 아들은 본능적인 지혜로 누군가에게서 사랑받고 싶다면 사랑을 받기 위한 노력을 해야 한다는 걸 알았을 뿐이었다. 사랑받고 싶다면 사랑스러운 사람이 되도록 애써야 한다는 걸 타고난 현명함으로 알았던 거였다. 사랑스러운 사람이 되도록 노력할 줄 안다는 건 인생을 사는 데 있어 얼마나 큰 도움이 되는 자산인가.

어느 날 갑자기 여덟 살 남자아이의 엄마가 된 날로부터 16년이 흘렀다. 지금 돌이켜보면 눈 깜짝할 사이에 휙 지나간 것 같은 그 세월 동안 우리는 세상에서 서로를 가장 좋아하는 엄마와 아들로 살았다. 그렇게 서로 사랑하며 행복하게 지낸 시간을 거슬러 올라가 맨 처음으로 돌아가보면 거기에는 엄마라고 부르라고 하자마자 덥썩 엄마라고 불렀던 조그마한 여덟 살짜리 아이가 있었다. 학교에서 처음 배운 바느질로 "엄마 사랑해요"를 수놓아 선물했던 아이가 있었다.

영화 《그랜드 부다페스트 호텔》에 "아무리 못난 사람도 사랑을 받으면 꽃봉오리처럼 마음이 열립니다"라는 대사가 나온다. 준성이와 나, 우리가 살아온 세월을 한 문장으로 요약한다면 '못난 사람'인 내가, 사랑받고 싶어서 먼저 사랑을 주는 아이였던 어린 아들의 사랑을 받아 꽃봉오리처럼 마음을 열고 행복해졌던 이야기라고 할 수 있다.

2

브라질에서 이혼하고 돌아오다

1990년에 브라질로 유학을 갔다가 상파울루에서 12년을 살았고 2002년에 다시 서울로 돌아왔다. 브라질에는 인류학 박사학위를 따러 갔었다. 순조롭게 학위를 취득했다면 대학에서 가르치는 직장을 구하러 한국에 돌아왔을 텐데 나는 박사까지 가지도 못하고 석사 과정 수료에서 주저앉고 말았다. 공부하러 외국 갔다가 학위 못 따고 현지에서 눌러앉은 사람들은 흔하다. 현지에서 눌러앉아 살다가 한국에 돌아오는 게 낫겠다 싶어서 돌아오는 사람들도 흔하다. 나는 그 흔한 케이스 중 하나였다.

브라질은 포르투갈어를 쓰는 나라다. 나는 대학 졸업할 때까지 포르투갈어를 전혀 배워본 적 없었다. 서울대 대학원 인류학과 다니는 1년 동안 브라질 유학을 가겠다고 포어 공부한 게 다였다. 애당초 포르투갈어를 겨우 1년 공부한 실력으로 브라질 대학원에 진학한 것 자체부터 문제였다. 대체 무슨 오만과 배짱이었을까. 그 나라 말도 제대로 못하면서 어쩌자고 브라질에 석사를 하겠다고 갔을까. 너무나 무모한 도전이었다. 겨우 초보 회화를 뗀 실력으로 이과도 아니고 처음부터 끝까지 말발로 승부를 봐야 하는 인문학을 하겠다고 지구 반대편으로 날아갔던 건 지금 생각해도 불가사의하다. 그때는 그게 될 줄 알았다. 현지에 가서 버티다 보면 말이 금방 늘 줄 알았다. 내가 천재인 줄 알았나?

물론 스스로를 천재라고 생각한 적은 없었다. 그런 건 아니었지만 중고등학교 다닐 때 공부를 잘했었고 서울대 들어갈 실력이 됐으니 현지 가서 언어 익히고 박사 학위 받는 정도는 하게 될 줄 알았다.

중고생 시절 나의 장래 희망은 대학 교수가 되는 거였다. 나에게 대학 교수는 대한민국에서 가장 좋은 꿈의 직업으로 보였다. 대학 교수가 가장 좋은 직업이라는 생각은 지금도 변함이 없다. 공부를 해서 학생들을 가르치는 일은 무엇보다도 누구나, "아, 교수님이십니까" 하며 알아주는 폼나는 일이고, 거기에다 1년 중 넉 달이 방학이니 1년의 삼분의 일을 놀면서 월급을 받는다니! 이거야말로 신도 부러워할 직업 아닌가. 대학 교수보다 좋은 직업이 세상에 또 있을까.

세상에서 가장 좋은 직업인 대학 교수가 되고 싶었던 나는 1984년에 서울대 인류학과에 입학했다. 내가 졸업한 고등학교 전체에서 가장 높은 학력고사 점수를 받았고 그 점수로는 서울대에서 어느 과나 다 갈 수 있었지만 나는 의사도 아니고 판사도 아니고 꼭 대학 교수가 되고 싶었기에 사회과학대학, 그중에서 인류학과를 선택했다. 인류학을 고른 건 고등학교 2학년 때 마거릿 미드 자서전 『누구를 위하여 그리고 무엇 때문에』를 읽은 영향이 컸다. 마거릿 미드처럼 남태평양 서사모아섬 같은 곳에 가서 현지 조사를 하고 책을 써서 유명해지고 문화 이론을 가르치는 박사 교수가 되는 게 내 꿈이었다.

전혀 알지 못했던 말인 포르투갈어를 쓰는 브라질이 아니라 그래도 중고교 대학 10년 동안 읽고 쓰는 훈련은 했던 언어인 영어를 쓰는 나라로 유학을 갔으면 그 꿈을 이뤘을까. 대학원 1학년에 다니던 어느 날, 정부에서 브라질 지역학 연구자에게 국비 장학금을 준다는 공고를 우연히 봤던 것이 함정이고 원흉이었다. "국비 장학금이라니! 이거 너무 폼나잖아!" 하며 덥석 물었다가 나는 망했던 거다.

공부가 재미나서가 아니고 대학 교수가 폼나고 편할 것 같아서 인류학 교수가 되고 싶었던 스무 살 시절의 나는 폼나는 거라면 다 탐이 나서 브라질로 유학가는 학생에게 준다는 국비 장학금을 신청했다가 결과적으로 망했다는 게 나의 유학 스토리다.

유학 준비 기간 1년 정도 언어를 배우고 현지에 가서 익히면 석박사 공부할 수준에 이를 줄 알았던 게 큰 패착이었다. 사지선다형 학력고사 답 좀 잘 맞히는 실력이면 그 정도는 될 줄 기대했던 착각의 결과는 혹독했다. 석사 과정 수업은 간신히 마쳤지만 내 포르투갈어 실력으로는 인류학 석사 논문이라는 걸 쓸 수가 없었다. 논문을 쓰기는커녕 책을 읽을 수도 수업을 이해할 수도 없었다. 수업을 알아듣고 책을 읽어야 연구를 하든지 논문을 쓰든지 할 텐데 대학원에 적을 두고 있던 시절 내내 포어로 된 전공 서적을 끝내 이해할 수가 없었다. 같이 입학한 대학원 동기들이 줄줄이 박사 논문을 마치고 나갈 때까지도 나는 논문 한 줄을 시작하지 못했다. 그때의 자괴감과 후회로 고통스러웠던 심정이란 이루 말할 수가 없다.

당시 내 나이 20대 후반이었다. 지금 생각해보면 한국에 돌아와서 다른 길을 찾았어도 크게 늦지 않았을 나이였건만 그때는 세상이 다 끝났고 미래가 없어 보였다. 나는 잘난 척하면서 남들

안 가는 브라질로 유학을 왔다가 인생을 통째로 쓰레기통에 처박은 머저리였고 남들 다 들고 귀국하는 박사 학위를 못 딴 무능력자였다. 창피하고 망신스러워서 도저히 얼굴을 들고 대한민국 땅에 돌아갈 수가 없었다.

한국에는 죽어도 못 돌아가겠는데 마침 사귀던 브라질 교포 남자친구가 결혼하자고 하길래 결혼했다. 그 땅에서 뼈를 묻을 생각이었다. 서울에서 같이 학교 다니다 비슷한 시기에 유학 떠났던 동창들은 박사 학위 하나씩 들고 금의환향 돌아가 내가 그토록 군침 흘리던 대학 교수 자리를 하나씩 차고 앉을 텐데 그 꼴을 보느니 브라질에서 살다 죽는 편이 나았다. 그러니까 브라질에서 살기로 한 건 브라질에서 살고 싶어서도 아니고 남자친구를 너무 사랑해 헤어지기 싫어서도 아니고 루저로 한국에 돌아가는 게 너무 끔찍해서 내린 결정이었다.

결혼과 함께 되지도 않을 석사 논문은 집어치웠고 뭐든 할 수 있는 일을 찾아 취직을 했다. 그때쯤에는 인류학 책은 못 읽어도 신문 잡지 뉴스는 읽을 만큼이 되었고 그 정도의 포어 실력으로 구할 수 있는 직장을 구했다. 그런데 취직을 했더니 포어가 늘기 시작하네!

전공 서적 붙들고 있을 때는 그렇게도 안 읽히고 무슨 소린지 못 알아먹겠던 포어가 밥줄이 걸리자 읽히기 시작했다. 목구멍이 포도청이라는 옛날 말은 진리였다. 그 후 한국에 돌아와서 포르투갈어 소설책 여섯 권을 번역했고 '포어문학 번역가'라는 명함을 들고 다닐 수 있었던 건 순전히 상파울루에서 직장 다니던 그 시절에 포어가 늘었던 덕분이다.

하지만 스무 살이 넘어 배운 외국어 실력이 느는 데에는 한계가 있었다. 어려운 학술 서적을 술술 읽는 정도까지는 안 바라지만 말은 유창하게 하고 싶었는데 그게 좀처럼 잘 되질 않았다. 어렵고 복잡한 포어 문장을 어렵고 복잡한 한국어 문장으로 번역하는 건 웬만큼 자신 있었다. 읽고 쓰기는 된다는 얘기다. 그런데 말하기와 듣기는 10년이 되도록 거기서 거기인 수준에 머물렀다. 어렵고 복잡한 내용의 말을 포어로 유창하게 말하는 실력으로는 좀처럼 올라가지질 않았고 듣기도 마찬가지였다. 드라마나 영화 대사는 다 알아듣겠는데 티비 토론 같은 건 중간중간에 못 알아듣는 대목이 많았다. 외국어를 모국어처럼 익히는 능력은 10대 후반에서 20대 초반에 완전히 닫히는 창문과 같다고 한다. 내가 포어를 배우기 시작한 건 그 창문이 닫힌 후였다. 포어를 듣고 말하는 실력은 브라질 땅에서 아무리 오래 산다 해도 초등학교 3학년 대화 수준 이상이 될 수 없을 거란 슬픈 예감이 들었다.

이대로 오십 년, 육십 년을 어린아이처럼 말하고 들어야 하는 세상에서 계속 살고 싶지 않았다. 내 나이 어른이 구사하는 언어로 말하고 듣고 농담도 하고 진지한 주장도 하고 우기고 싶은 말 우기고 반박하고 싶은 말 반박하고 싶었다. 언어 때문에 주눅 들지 않고 소통할 수 있는 내 모국어 세상으로 돌아오고 싶었다. 결혼하고 7년 정도 지났을 무렵 모국어를 쓰는 곳에서 살고 싶다는 갈망이 더는 누를 수 없는 수위에 이르렀다. 박사 학위도 못 딴 루저로 한국 땅에 돌아가 대학 교수가 된 동창들 얼굴 보는 것이 아무리 끔찍하다 해도 죽을 때까지 초등학교 3학년처럼 말하고 들으며 사는 건 그보다 더 끔찍한 일이고 더 못 견딜 일이라는 판단을 내렸다.

애당초 결혼의 목적이 사랑하는 남자와 가족을 이루어 행복해지는 거였다면 그 정도 이유로 헤어지지 않았을 것이다. 그러나 첫번째 결혼의 목적은 한국에 돌아오기 싫다는 도피였다. 그런데 브라질에 계속 산다는 게 한국에 돌아가는 것보다 더 싫은 일이 되었으므로 결혼을 깰 수밖에 없었다.

브라질에서 살기로 결심한 이유는 사랑하는 남자와 헤어지기 싫다거나 그와 가족을 만들고 싶어서가 아니라 단지 박사 학위 없이 처량하게 돌아오기 싫다는 것이었기에, 평생을 어린애처럼 말하며 사는 일이 박사 학위 없는 처량함보다 더한 비극이라는 계산이 서는 순간 브라질은 버려도 되는, 아니 버릴 수밖에 없는 카드가 되었던 것이다. (나의 어머니는 내가 왜 브라질에서 이혼하고 돌아왔는지 지금도 이해하지 못하신다. 이 책을 통해 제발 이제는 이해해주시기 바란다.)

결국 나는 서른여섯 살이던 2002년에 한국으로 아주 돌아왔다. 첫번째 남편과는 아이가 없었기에 헤어지기 어렵지 않았다. 첫번째 남편은 훌륭한 사람이었다. "죽을 때까지 초등 3학년처럼 말하면서 살기 싫어서 여기서는 못 살겠다"는 내 마음을 백오십 퍼센트 이해해줬다. 나와 헤어지는 것이 세상에서 가장 슬픈 일이지만 브라질에서 계속 사는 게 그토록 불행하다면 나를 위해서 슬픔을 참고 보내주겠노라고 했다. 한국에 돌아가 부디 행복하게 잘 살라고 나를 축복해줬다.

세상에 그런 남자도 있냐고요? 네, 있습니다. 첫번째 남편은 그 후 재혼해서 떡두꺼비같이 잘생긴 아들 낳고 상파울루에서 잘 살고 있다.

3   미처 몰랐던 엄마의 사랑을
알게 해준 아들

초등학생처럼 말하며 살기 싫다는, 어찌 보면 크게 절박하지는 않은 이유만으로 이혼이 가능했던 건 뭐니 뭐니 해도 애가 없었기 때문이었다. 서른 살에 결혼해서 상파울루에서 6년을 사는 동안 아이를 갖지 않았다. 첫번째 남편과는 처음부터 "애 낳지 말고 둘이서 살자"는 뜻이 맞아서 결혼한 사이였다. 딩크족이라는 용어가 한참 전에 나왔고 요즘 젊은 사람들 사이에서 그다지 드문 일도 아닌 '자식 없는 결혼'을 둘 다 원했다.

나는 왜 애를 낳고 싶지 않았는가. 그 이유를 설명하자면 내 엄마 얘기부터 해야 한다. 이 책은 내가 엄마가 되어 살아본 체험담인데 그 이야기를 하기 위해서는 나의 엄마가 내게 어떤 존재였는지를 가장 먼저 말해야 할 것 같다.

엄마가 나에게 누구인지를 한 문장으로 말한다면 "내가 가진 모든 좋은 것, 자랑하고 싶은 것을 전부 나에게 준 사람"이다. 세상에서 가장 감사하고 사랑하는 유일무이한 존재다. 한 문장으로 엄마를 정의한다면 그러하다.

그런데 한 문장이 아니라 엄마에 대해 A4 용지 한 장 분량을 쓴다면 두번째 문장은 "그렇기는 하지만"이라고 시작할 수밖에 없다.

엄마는 내게 가장 좋은 것들을 갖도록 베풀어준 사람인 동시에 "그렇기는 하지만" 내 안의 가장 슬프고 아픈 마음의 원인이기도 했다. 어쩜 그건 내 엄마와 나뿐만이 아니라 세상 모든 부모와 자식 관계의 숙명일지도 모른다. 부모는 자식에게 가장 많은 것을 주고 가장 좋은 것을 베푸는 동시에 어쩔 수 없이 가장 큰 상처와 피해를 주는 존재다.

나의 엄마는 어떤 경우에도 자식을 방치하거나 양육을 소홀히 한 적 없이 육아에 최선을 다했던 보통 엄마였다. 신문사 기자였던 아버지 월급은 삼 남매를 키우는 데 크게 모자라지도 크게 풍족하지도 않았고 부모님은 그 시대 중산층 부모가 자식들에게 줄 수 있었던 최선의 교육환경을 제공하는 데 있는 힘을 다했다. 그랬건만 나는 사춘기를 거치면서 내가 어떤 삶을 꾸려가고 싶은지 생각하기 시작할 무렵부터 아이는 낳지 않겠다는 결심을 굳혔다.

왜 그랬느냐 하면 엄마는 우리를 키우면서 너무 불행해 보였기 때문이었다. 엄마가 우리를 대하는 태도를 보면, 아이를 낳아 키운다는 것은 피할 수 있다면 피해야 하는 매우 힘들고 몹쓸 일 같았다. 요즘 말로 극한직업 같았다. 내 눈에 비친 엄마는, "나는 어쩌다 보니 세상에 너희를 내놓아서 그 책임을 져야 하니 너희를 열심히 키우기는 한다만 자녀의 양육이란 벗어나고 싶은 일종의 형벌 같은 것이란다"라고 잊을 만하면 큰소리로 짚어주는 사람 같았다.

내 기억 속에 엄마는 늘 화가 나 있었고 우리 삼 남매가 무슨 실수라도 저지르면 그 화가 폭발해서 우리에게 고래고래 소리를 질렀다. 회초리 등으로 매를 든 적도 많았다. 기억 속 나는 엄마가 언제 화를 내고 소리를 지를지 몰라 집에 있으면 항상 마음이 조마조마하고 불안했던 아이였다. 중고등학교 시절에는 학교가 끝나면 언제 폭력적으로 돌변할지 모르는 엄마가 있는 집구석에 들어가기 싫었다. 한동네 사는 같은 반 친구 중에 마침 내가 엄마한테 불만이듯 아빠한테 불만이 많아 역시 집에 가기 싫어하는 친구가 있었다. 우리는 당장 의기투합하여 "베프"가 되었다. 방과 후면 친구와 동네 골목길을 돌아다니며 각자의 부모가 얼마나 잔인한 폭군인지, 그래서 우리는 얼마나 불쌍하고 비참한 신세인지를 놓고 경쟁적으로 한탄을 하다가 너무 늦으면 또혼날 테니 마지못해 집에 들어가곤 했다.

몇 년 전에 한 재벌 집안 여자들이 부하 직원에게 악을 쓰고 소리를 지르며 미친 듯이 포악을 부리는 녹취록과 동영상이 뉴스에 공개되어 화제가 된 적이 있다. 그때 어떤 사람들은 그 재벌집 여자들을 두고 정신병자들 같다고 했지만 나는 그 뉴스를 보면서 이런 생각을 했다. 드디어 사람들에게 우리 엄마가 어떤 사람이었는지 정확히 묘사하는 데 써먹을 예시가 생겼구나. "우리 엄마는 우리 키울 때 귀청이 떨어져 나가도록 소리를 지르며 야단쳤어"라고 말하는 것만으로는 그게 뭔지 전달이 제대로 안 되는 것 같다는 언어의 한계를 느껴 갑갑했는데 이제부터는 "대한항공 조씨 집안 여자들 녹취록 봤어? 우리 엄마가 바로 그렇게 소리지르곤 했어" 하면 더는 설명이 필요 없을 테니까.

어떤 사람이 상대방한테 그런 식으로 화를 내는 것에 대해 나는, 그 사람은 그 상대방 때문에 몹시 불행한 사람이라고 여길 수밖에 없었다. 청소년 시절의 나로서는 다른 해석의 여지를 둘 수 없었다. 내게 있어 엄마는 우리를 키우는 일 때문에 한없이 불행한 사람이었고 아이를 낳아 기른다는 건 그런 불행을 자초하는 일이었다. 나는 인생에서 대단한 행복을 바라지는 않았지만 그 불행만은 피하고 싶었다. 그건 그다지 어려운 일도 아니었다. 아이를 원하지 않는 남자랑 결혼만 하면 얼마든지 피할 수 있는 불행이었다.

대한항공 집안 여자들처럼 소리를 지르며 우리를 키웠다는 이유로 지금도 엄마를 원망하느냐면 그렇지는 않다. 이제는 이해한다. 고만고만한 나이의 애 셋을 키운다는 것은 사람의 진을 빼는 일이라는 것. 인내심을 고갈시켜 때로 극단으로 내몰리는 일이라는 것. 어린 자식이란 조심할 필요 없는 만만한 존재였으니 성질이 치밀어 오를 때 참지 않고 폭발했을 뿐이라는 것. 그게 습관이 되고 일상이 되었다는 것. 다 이해한다.

무서워 벌벌 떨며 우는 우리 앞에서 미친 사람처럼 소리 지르고 매질을 하던 엄마는 우리 때문에 불행해서가 아니라 다만 순간 욱하고 치미는 성질을 못 이겨서였고 굳이 성질을 눌러 참아야 할 이유가 없었기 때문이었다고 지금은 다 이해한다.

그러나 첫번째 결혼을 했던 삼십 대에는 이해하지 못했다. 아이를 키우는 건 그렇게까지 불행한 일이 절대로 아니라는 사실을. 오히려 그 반대라는 사실을. 우리 엄마도 결코 불행한 사람은 아니었고 오히려 우리를 키우면서 아주 많이 행복했으리라는 사실을 깨달은 건 내가 어느 날 덜컥 여덟 살 아이의 엄마가 되고 나서였다. 아이가 너무 예뻐서 어쩔 줄 모르고 아이가 울면 나도 울고 아이가 웃으면 나도 웃는 날들이 지나던 중 비로소 알았다. 우리 엄마도 나 때문에 이렇게 행복했었을 것임을. 물론 그 행복을 표현도 했었을 거라고. 그랬지만 나는 나쁜 기억이 주는 상처만 고집스레 들여다보며 자기 연민에 빠져 있느라 엄마가 우릴 두고 행복해 했던 장면은 기억하길 거부했을 뿐이었다는 걸 아이를 키우면서 그제서야 깨달았다.

내 자식을 키워보니 알았다. 행여 옛날에 우리 엄마가 내 마음에 상처 준 것처럼 나도 아들 마음에 상처 줄세라 내 딴에는 많이 조심했다고 생각했는데 아이의 기억은 그렇지만은 않았다. 혹시나 금이 갈세라 흠집이 날세라 아끼는 크리스탈인 양 아이 감정을 소중히 받들어 모시며 살았노라고 나로서는 자부하고 있다. 그런데 가끔 아들과 얘길 하다 보면 내가 자기를 서운하게 했던 언행을 기억 속에 꽤 여럿 수집해 놓고 있길래 놀랄 때가 있다.

내가 열심히 보살펴준 아홉 가지는 당연하게 여기고 다 잊어버리면서 내가 미처 못 챙겨준 한 가지만 기억하며 노여워하는 아이를 보면서 또 깨닫는다. 나도 그랬을 거라고. 엄마가 베풀어준 아홉 가지는 제쳐두고 한 가지만 오래 끌어안고 살았던 거라고.

오랫동안 마음에 꽂혀 있던 원망의 바늘을 뽑아내고 이제는 평화롭게 살아야지, 언제까지 이럴 수는 없어, 엄마를 극복하고 행복해야지—라는 마음이 그 전에도 없지는 않았다. 아니 없지 않은 정도가 아니라 미움을 극복하고 마음의 평화를 얻어 행복해지는 것 말고 다른 것은 아무것도 중요하지 않았다. 그것 외에 인생에서 더 바라는 게 없었다. 세상에서 가장 가깝고 소중한 존재를 미워하는 고통에서 벗어나고 싶었다. 램프에서 나온 거인이 알라딘의 소원을 들어준 것처럼, 엄마를 미워하는 고통에서 벗어나고 싶다는 나의 소원을 이루어준 건 우리 아들이었다.

나는 어쩌면 언제까지나 그 미움에서 헤어나오지 못하고 살았을지도 모른다. 내게 아들이 생기지 않았다면 아마 그랬을지도 모른다. 꽃잎보다 예쁜 볼에 입 맞추면 정신이 몽롱해지도록 행복해지는 아들이 내게 생기지 않았다면 나는 몰랐을 것이다. 아이를 품에 받아 안고 금이야 옥이야 키우는 내 사랑은 알고 보니 엄마가 나에게 베풀어준 끝 모를 사랑 덕분에 내 안에 만들어진 자산이었다는 사실을 끝내 몰랐을지도 모른다.

아들을 돌보며 어쩌다 내 안에 이런 건강한 사랑이 들어와 있을꼬 신기하여 들여다보니 그 사랑의 원천은 먼 옛날 내가 자랄 때 넘치도록 부어준 엄마의 사랑이었다. 엄마 덕분에 만들어진 내 안의 사랑, 그 자산으로 나는 아들을 행복하게 돌볼 수 있었다.

엄마가 나에게 얼마나 큰 선물을 줬는지를 알게 해준 것이 아들이 나에게 준 큰 선물이다. 엄마의 사랑은 나도 모르는 사이에 내 안에서 자라나 아들에게 흘러가고 있었다. 핏줄이 연결되지 않았어도 그렇게 엄마와 나, 우리 아들은 사랑으로 연결된 식구다.

4

행복에 대한
오해가 풀리다

엄마처럼 불행해지고 싶지 않았던 젊은 시절의 나에게 '엄마처럼 불행한 인생'이란 결혼해서 주부가 되어 아이를 낳아 키우는 삶을 뜻했다. 집구석에서 애 기저귀나 갈고 밥이나 하고 살림이나 하는 건 불행이고 대학 교수가 되어 애 안 낳고 사는 것은 행복이다. 내 머릿속 행복과 불행을 가르는 기준은 단순 명쾌했다. 모세의 지팡이가 홍해를 양쪽으로 가른 것처럼 나에게 있어 행복과 불행을 갈라놓는 지팡이는 '대학 교수'와 '무자녀'였다. 애를 키우는 하찮고 불행한 노동에 내 시간과 힘을 쓰지 않겠노라고 다짐하며 자랐다. 대학에서 학생 가르치는 고급 노동으로 돈을 버는 폼나는 인생 외에는 되고 싶은 게 없었다.

생각해보면 '폼나는 인생'에 대한 나의 갈망은 어린 시절 엄마가 주입시킨 꿈이었다. 이것도 또 엄마 탓이냐고 하겠지만 엄마라는 존재는 어린아이에게 절대적인 영향력을 끼치기 때문에 어쩔 수가 없다. 엄마의 교육 방식은 한마디로 말해서 겁박이었다. 공부 못해서 대학 못 가면 너는 형편없는 인생을 살게 될 거라고 겁을 줘야 자식이 열심히 공부할 거라고 엄마는 믿었다. 엄마는 자식의 장래를 위해서 꾸준히 협박해야 한다고 믿는 사람이었다.

우리 엄마만 그랬던 건 아니고 그 시대 엄마들은 대체로 다 그런 식이었다. "아무개 딸은 이번에도 일등 했다는데 우리 집 자식들은 왜 이 모양일까"라든가 "이걸 성적이라고 받았냐. 이럴 거면 차라리 나가 죽어라." 같은 말을 하면 그 말을 듣고 자식들이 주먹을 불끈 쥐고 "좋아! 두고 봐. 다음 달에는 나도 일등을 하고 말 테야"라며 공부에 일로매진할 거라고 그 시절 부모들은 믿었던 것 같다. 그 시절뿐 아니고 요즘도 그렇게 믿는 부모들이 있는 것 같다.

엄마가 잘 쓰던 말 중에 내 귓속에 특히 깊숙이 때려박혀진 말은 공부 못하고 좋은 대학 못 가서 폼나는 직장을 못 잡으면 "남들이 널 업신여긴다"는 얘기였다. 업신여긴다라는 말을 사전에서 찾아보면 "교만한 마음에서 남을 낮추어 보거나 하찮게 여긴다"라는 뜻이다. 커갈 때 내 눈에 비친 엄마는 자식들이 한국 사회에서 누구나 부러워할 만한 삶이라고 당신이 세워 놓은 기준에 못 따라가는 처지가 될까봐 두려워했고, 그 두려움은 어느 순간부터 나의 두려움이 되었다. 엄마의 두려움과 나의 두려움은 하나가 되어 분리하기 어려워졌다.

대학 교수가 되어 행복해지고 싶다는 소망과 대학 교수가 못 되어 남한테 업신여김당하는 불행에 대한 두려움. 그 소망과 두려움은 동전의 양면이었고 사실은 한 몸이었다. 소망이 이루어지지 못했고 두려움만 남았으니 한국에 돌아오기 싫었다. 브라질은 지금이나 그때나 절대로 매력적인 땅이 아니었고 그 나라에서 태어난 사람들조차 웬만하면 떠나고 싶어하는 곳이다. 그런 나라에서 살 작정을 했을 정도로 나에게는 한국에 돌아와 남한테 업신여김당하는 게 가장 큰 두려움이었다.

엄마는 왜 그렇게 자식들이 남들로부터 업신여김을 당할까봐 그것이 오매불망 걱정이었을까, 훗날 나는 그것이 궁금했고 알고 싶었다. 엄마와 아버지는 전쟁으로 인해 모두 다 가난하던 시절의 이북 피난민 가족이었다. 피난민이었으니 집 있고 땅 있는 남한 사람들보다는 물론 많이 가난했다. 하지만 그 시절엔 그렇게 가난하던 사람들도 많았고 피난민도 많았다. 극소수를 빼면 모두 가난하던 시절에 그래도 엄마는 서울대, 아버지는 고려대를 나왔다. 학벌로는 한국 사회에서 남한테 '업신여김'당할 처지는 아니었다. 아버지는 신문사 기자를 하면서 당시 기자들에게 정부가 은평구 진관외동에 제공했던 주택지(기자촌)에 잔디밭 넓은 그림 같은 집을 지어 아내와 삼 남매를 부족함 없이 부양했다. 부모님은 신혼 때를 제외하곤 집주인 눈치 보는 셋방살이 한 적 없었고 집 칸 늘리기 위해 이사 다니느라 고달팠던 적도 내가 알기론 별로 없었다.

학벌도 아니고 가난도 아니고 엄마는 어디서 무엇 때문에 누구한테 업신여김을 당했기에 업신여김에 대한 공포가 그리도 커서 나에게까지 그 공포가 전염되었으려나. 지금 생각해보면 엄마의 공포는 그냥 막연한 공포였다. 요즘도 넉넉한 중산층 부모들이 자식이 자신들보다 가난해질까봐 불안해하며 아이들 입시 교육에 목숨을 거는 모습을 본다. 그런 심리와 본질적으로 같은 막연한 공포였다.

기억을 더듬어보면 엄마가 직접 나를 붙들고 "너는 나처럼 애만 키우는 주부로만 살지는 말아라, 나처럼 살면 남들이 업신여기고 불행해진다"고 말한 적은 물론 한 번도 없었다. 그 비슷한 언급도 한 적이 없었다. 그럼에도 불구하고 내 마음에 비친 엄마의 모든 것은, "엄마처럼 살지 않아야 엄마처럼 불행해지지 않는다"는 메시지였다. 어쩌면 그건 내가 만든 메시지였을지도 모른다는 생각이 든다.

엄마가 그렇게 불행한 사람이 아니었지만 내 눈에는 불행하게 보였던 것처럼, 엄마는 실제로는 "꼭 대학 교수가 되어라, 안 그러면 불행해지리라"라는 메시지를 나에게 전하지 않았을지도 모른다. 그 메시지를 받았다는 건 나의 일방적인 오해일 수도 있다.

세월이 흘러 생각해보니 엄마가 원했던 건 세상 모든 부모가 자식에게 바랄 만한 일이었다. 자기 밥벌이를 하되 기왕이면 남들한테 대접도 받을 만한 밥벌이를 했으면 좋겠다는 바람. 그건 지극히 평범해서 욕심이라고 부를 것도 없는, 자식 키우는 부모라면 누구나 가져볼 만한 소망이었다. 엄마로서는 당연히 할 수 있는 얘기를 했을 뿐인데 그걸 대단한 협박이나 경고처럼 받아들여 내 맘 속의 공포심을 키운 건 나의 책임이었고 내 안에서 스스로 만들어낸 분량이 더 컸다. 그렇다는 것을 나중에 내 자식을 키우다 보니 알게 됐다.

대학 교수가 되지 못해도 남들이 나를 업신여기지 않을 것이고, 애당초 남들이 업신여기든 말든 그런 건 아무 상관이 없는 일이었다. 폼나는 직장이 없으면 남들이 나를 무시하고 업신여기리라는 상상은 그 씨앗은 엄마로부터 떨어졌을지 몰라도 결국 내가 물 주고 양분 줘서 키운 판타지에 불과했다. 아이가 자라는 모습을 지켜보는 행복을 경험하면서 비로소 나는 내가 행복에 대해 얼마나 큰 오해를 하고 살아왔는지 알게 됐다.

엄마로부터 왔든 내가 만들었든 간에 나는 행복을 무슨 자격증 같은 것이라고 생각했다. 큰 오해였다. 행복은 사람들이 알아주는 전문직 직업과 아이 없는 인생, 이 두 가지 조건을 충족해야 주어지는 보상이 아니었다. 행복은 자격을 획득해야 주어지는 상장이 아니며, 상장이나 자격증과 아무 상관 없이 자기 안의 사랑으로 가장 가까운 인연들과 교감하는 사람이라면 누구나 누릴 수 있다는 걸 어느 날 덜컥 여덟 살 아들의 엄마가 되고 나서야 알았다.

5

저널리스트의
미련을 버리다

서른여섯 살에 한국에 돌아왔는데 먹고살 길이 막막했다. 학위
가 없으니 당연히 학교에 취직할 수 없었고 포르투갈어를 번역
할 줄 아는 것도 일자리 구하는 데에는 아무런 도움이 안 됐다.
아직 공부 머리가 돌아가던 때였으니 공무원 시험을 봤으면 그
나마 나았을 텐데 그때는 그럴 수가 없었다. 2002년 당시에는 응
시 연령 제한이 있어서 서른여섯 살인 나는 공무원 시험은 아예
볼 수 없었다. 공무원 응시 연령 제한이 없어진 건 2009년부터
였다.

　만나는 친구, 선후배들 붙잡고, "나, 돈벌이할 데 좀 없겠니?"
라고 물어보면 다들 난감한 표정을 지었다. 서울대 인류학과를

같이 다니고 그 과의 교수가 된 한 친구는 "네 나이에 돈 벌려면 공장밖에 갈 데 없을걸"이란 말도 했다. 교수 못 하는 신세가 너무 참담해 한국에 안 돌아오려고 브라질에서 결혼하고 살았는데 결국은 나이만 더 먹고 서울에 돌아와서 교수 친구한테 "공장에나 가보렴" 소리를 들었다.

그래도 역시 한국 사회에서는(사실은 어느 나라나 똑같다) 인맥이 최고였다. 취직 자리 좀 알아봐달라고 만나는 사람마다 물어보던 참이라 그날도 큰 기대 없이 친구 집에 놀러가서 "넌 혹시 아는 데 없니?" 하고 물어보니 친구의 동생의 친구가 다니는 처음 들어보는 이름의 신문사가 연결됐다. 그런 인연으로 그 신문사 안 여성잡지 부서에 기자로 들어갔다. 죽으라는 법은 없구나 싶었다.

더구나 기자는 대학 교수 다음으로 내가 되고 싶었던 직업이었다. 글 잘 쓴다는 소리는 어려서부터 많이 들었고 글 쓰는 일이라면 자신 있었다. 심지어 학위는 포기하고 서른 살에 결혼해서 브라질에서 사는 동안 자주 이런 신세 한탄을 할 정도였다. 유학을 오지 말고 서울에서 신문사나 방송국을 뚫어서 그쪽 계통으로 나아갔으면 좋았을걸 공연히 대학 교수 욕심에 유학을 와서내 신세 조졌다는 한탄이었다. 석사 논문, 박사 논문은 못 썼지만 '그까짓' 신문 기사, 잡지 기사 정도는 얼마든지 쓸 수 있을 거 같았다. 기자로 취직한 잡지 부서 편집장님도 면접 볼 때 가져간 내 글을 읽고는, "글이 술술 읽히도록 쓰는 재주는 있구면"이라며 나를 붙여주셨다.

그런데 기자라는 직업은 글 쓰는 재주 좀 있다고 잘할 수 있는 일이 아니었다. 능력 있는 기자가 갖춰야 할 실력은 첫째가 기사 아이템 발굴 능력이고, 둘째는 취재력이었다. 글재주는 있으나 없으나 중요하지 않았다. 앞 두 가지가 충족되면 글은 문법에만 맞게 쓰면 되는 게 기자였다. 나는 첫번째 능력도 두번째 능력도 형편없이 모자란 기자였다. 3년을 간신히 버텼을 무렵 회사에서 구조 조정을 해야겠으니 너는 이만 나가달라고 했을 때는 물론 잘리는 게 자존심 상했지만 한편으로는 안도의 한숨을 쉬었다. 그만큼 기자질하기가 내게 힘들었고 이 직종에서 더 버틸 자신이 없었고 버티고 싶지도 않았다.

신문사나 잡지사에서 일해보지 않은 사람들이 흔히 하는 오해가 있다. 회사원이 위에서 시키는 일을 하듯이 기자도 윗사람, 부장이나 편집장이 시키는 기사를 쓰는 일이라고들 알고 있다. 나도 그런 줄 알았다. 아침에 회사에 가면 부장이, "야 오 기자야, 너는 오늘 이거 취재해, 김 기자는 저거 취재하고"라고 시키는 줄 알았다. 그런 거 아니었다. 기자는 자기가 취재할 기사 아이템을 스스로 찾아서 편집회의에 가져가야 하고 채택이 안 되면 될 때까지 다른 걸 찾아내야 한다.

나는 기획 기사 아이템 잡는 일을 못해서 3년 내내 쩔쩔매며 버벅거렸다. 아이템 발굴보다 더 못 하겠는 건 취재였다. 취재란 기본적으로 일면식도 없는 사람에게 전화부터 해서 정보를 물어보는 일인데 나는 그 일이 너무 힘들었고 아무리 해도 수월해지지 않았다. 모르는 사람에게 전화해서 나는 어디 어디서 일하는 아무개 기자라고 소개하면 열 명이면 열 명이 내가 일하는 신문사 이름을 못 알아들었다. 발음을 분명히 하느라 입술에 힘을 주고 신문사 이름을 두 번 세 번 반복하면 상대편은 "그런 신문사도 있나요, 그래서 용건이 뭔데요?" 하는 식이었다. 그러거나 말거나 패기 있게 치고 나갔으면 좋으련만 또는 으레 그러려니 하면서 무뎌졌으면 좋으련만 나는 시간이 아무리 흘러도 그 민망함에 익숙해지지 못했고 오히려 전화기 드는 게 점점 싫고 무서웠다.

조그만 신문사의 조그만 잡지 부서의 사무실은 조그마했다. 바늘 하나 떨어지는 소리도 서로 다 들리는 구조였다. 전화기를 들어서 "저는 아무 신문사의 아무개입니다. 아. 무. 신문사요. 아.

무. 신문이라고요! 이렇고 저런 일로 잠시 질문 좀 드려도 될까요?" 묻고 나서 본론을 이어가는 통화 내용을 사무실에 같이 있는 열 명 남짓 직원이 다 듣는 그 구조에 나는 끝끝내 익숙해지지 못했다. 취재 전화를 걸어야 할 때면 전화번호 누르는 것 자체부터 너무 무서워 심장이 벌렁벌렁 뛰고 혈압이 오를 정도였다. 실제로 병원에 가서 혈압을 재보니까 200이 넘게 나온 적도 있었다. 그 시절부터 고혈압 약을 먹기 시작해서 지금껏 먹고 있다.

혈압과 스트레스로 몸이 더 망가지기 전에 회사에서 나더러 그만 나가달라고 했던 건 차라리 다행이었는지도 모른다. 더 버텨봤자 잘할 자신이 없었다. 나는 이 일에 적성이 아니니 빨리 떠나는 게 남는 장사라는 것보다 더 명백한 사실은 없었다.

그래도 한 가지 좋은 점은 있었다. 내가 한국에 돌아와서 그 신문사에 취직을 안 했더라면, 그래서 3년간 잡지사 기자 생활을 안 했더라면 내 마음에는 항상 회한이 남았을 것이다. 브라질로 유학을 가지 말고 졸업 후 언론 쪽으로 취업을 했으면 내 인생은 근사하게 탄탄대로를 걸었을 텐데—라는 회한이 계속 남았을 것이다. 하지만 그 잡지 기자 경험 덕분에 언론 종사 직업에 대한 미련을 한 톨 남김없이 탈탈 털어냈으니 그런 면에서는 다행이었다. 취재 전화 걸어야 하는데 수화기가 천근만근 무거워 못

들던 그 시절을 생각하면 지금도 기자 직업에 손톱만큼의 아쉬움도 없다.

나는 왜 그토록 취재를 무서워했을까. 정확히 말해서 내가 두려웠던 건 거절이었다. "이런 것에 대해서 좀 알려주시겠어요?"라고 물어보면 대부분은 자기가 아는 만큼 친절하게 말해주는 편이었다. 마이너 매체의 이름 없는 잡지다 보니 성사되는 일보다 거절당할 때가 더 많았다. 꼭 마이너 매체가 아니더라도 기자 일이란 건 원래 열 번 거절당하다가 하나 잘 붙잡아서 성과 올리는 일이다.

취재나 인터뷰를 거절하는 사람들도 "내가 잘 모르는 문제라 답을 해주기 어렵다"는 식으로 정중히 거절하지, 수화기에 대고 "귀찮아 죽겠네. 뭘 그런 걸 물어봐? 꺼져!" 하면서 모욕적인 거절을 하는 사람은 아무도 없었다. 그런데도 취재 전화 걸었다가 거절당할까봐 무서워서 나는 전화기만 노려보다 밖에 나가서 담배 한 대 피우고 다시 와서 노려보다 또 나가서 담배 한 대 피우기를 반복하는 꼴을 끝내 못 면했다.

거절이 그렇게 무서웠던 건 내 자존감이 너무 낮아서였다. 누군가 내 요청을 거절한다는 건 요청을 들어줄 형편이 안 되는 그쪽 사정이지 내가 '상종 못 할 인간이라서'가 아닌데도 나에 대한 개인적인 모욕처럼 느껴져서 매번 자존심이 상해 괴로웠다. 내가 요청하는 취재가 성사되지 않는다면 그 원인은 부탁하는 내가 아니고 부탁 받은 상대방에게 있으며 상대방은 나라는 인간을 거부한 게 아니라 내가 요청한 구체적 특정 사안을 거절했을 뿐이었다. 그럼에도 불구하고 그 시절 내게 거절은 내가 하찮은 존재이고 내가 속한 집단이 시시해서 내 부탁 같은 건 안 들어주고 무시한다는 의미로만 다가왔다. 그래서 거절은 매번 상처를 남겼고 나는 거절당할지도 모른다는 두려움을 3년이 지나도록 딛고 일어서질 못했다.

3년이라는 시간은 후회도 미련도 없기에는 딱 적당했다. 1년 정도만 하고 그만뒀다면 2년째부터는 나아지지 않았을까 상상할 수도 있었겠지만 3년째에도 늘지 않고 계속 못하는 일이라면 그건 하루라도 빨리 그만둬야 하는 일이었다.

6

재혼 시장에서
만난 사람

3년을 버틴 끝에 기자가 될 능력이 안 된다는 깨달음만 얻고 마감한 그 여성 잡지 기자 시절, 나는 재혼 상대를 부지런히 찾아 헤맸다. 혼인 생활 자체가 힘들어서 한 이혼이 아니었기에 빨리 다시 결혼하고 싶었다. 첫번째 결혼 생활에서 남편과 아내로 사이좋게 재미나게 살아본 경험이 있었기에 두번째도 잘 살 자신이 있었다. 혼자 유학생으로 오래 살아보던 시기에 나는 내가 싱글로 살기보다 동반자와 사는 데에 더 잘 어울리는 스타일인 걸 충분히 알게 됐다. 다시 결혼하고 싶었고 할 거면 한 살이라도 더 먹기 전에 어서 하고 싶었다.

그러나 사람 만나기는 쉽지 않았다. 스무 살 시절에도 좀처럼 안 되던 연애가 삼십대 중반에 잘될 리가 없었다. 주위 친구들에게, "나 사람 좀 소개해줘" 청하고 다녀봐야 아무 소용 없었다. 주위 인맥들이 소개해줄 만한 사람은 다 자기 짝이 있을 나이였다.

2000년대 초반은 인터넷이 대중화되고 인터넷 동호회가 유행처럼 번지던 시절이었다. '재혼'으로 검색해보니 회원 수백 명을 자랑하는 인터넷 재혼 동호회가 있길래 회원 가입을 했다. 번개 모임이니 정모니 하는 자리에 나가서 회원들과 등산도 다니고 영화도 보러 가는 '회원 활동'을 몇 달 정도 했을 때 지금의 남편을 거기서 만났다.

재혼 시장에 처음 발을 디딜 때에는 "그래도 나 정도면 괜찮지 않나"라는 은근한 기대감이 있었다. 나 정도면 나쁘지 않을 것 같았다. 나이는 삼십대 중반이고 직장도 있고 학벌도 제법 괜찮으니까. 무엇보다 나의 자신감의 근거는 딸린 애가 없다는 조건이었다. 온라인 재혼 동호회에 들어가 회원 프로필을 훑어보면 애 없는 회원은 "희귀템"이었다. 자신감의 근거가 무자식이었고 내가 원했던 재혼 상대방의 자격도 무자식이었다. 나는 내 자식을 낳아 기르는 노동과 수고가 하기 싫어서 첫번째 결혼에서도 아이를 갖지 않은 사람이었다. 결혼은 하되 자식이라는 평생의 족쇄이자 십자가 없이 둘이서 맘 편하게 자유롭게 한평생 살다가 떠나는 게 내 인생 청사진이었다. 하물며 남이 낳은 아이는 두 번 생각할 여지 없이 "노땡큐"였다.

그러나 재혼 시장에서 구르다 보니 그런 기대는 착각이었다는 현실이 금방 보였다. 식구를 부양할 만한 밥벌이는 되면서 자식은 없는 이혼남은 총각이나 마찬가지였다. 그런 남자들은 재혼 시장에 들어올 필요 없이 짝을 찾는 모양이었다. 인터넷 동호회에는 애 딸린 이혼남들만 우글거렸다.

일반적으로 사람들이 혼인에서 가장 먼저 따지는 조건은 남자의 경우 돈(경제적 능력)이고 여자는 미모(또는 젊음)이다. 재혼 시장은 이 조건을 향한 욕망을 초혼보다 훨씬 노골적이고 뻔뻔하게 드러내는 동네였다. 초혼에서는 사람들이 솔직한 욕망을 두루뭉술하게 포장해서 내미는 염치랄까 그런 것이 있는데 재혼은 그런 염치 따위 없는 "쌩얼"의 시장이었다. 다들 너무 절박해서 체면을 차릴 여유가 없는 모양이었다.

현실이 파악되자 마음이 급해졌다. 이대로 마흔을 넘기면 내가 선택할 수 있는, 또는 내가 선택될 수 있는 구혼자 집단의 카테고리가 얼마나 협소할 것인지 불 보듯이 뻔했다. 찬물 더운물을 가릴 처지가 아니었다. 애 딸린 남자라도 만나봐야 했다. 그래서 준성이 아빠와 데이트를 시작했다.

남편이 아들을 처음 데리고 나와 상봉을 한 건 롯데월드 어드벤처에서였다. 아이 데리고 하는 데이트이니 놀이동산이 좋겠지—라고 생각해서 정한 장소였는데 그다지 지혜롭지 못한 선택이었다. 초등 1학년 아이는 빠르게 돌아가는 놀이기구에 태우자 무서워 울기 시작했고 기구에서 내리고도 울음을 멈추지 않았다. 나는 조카도 데리고 놀아본 적 없는 사람이었다. 놀이동산에서 울음을 터뜨리는 아이를 달래보기는커녕 놀이동산에 아이를 데려가 본 경험도 없었다. 애 아빠는 내 눈치 보랴, 아이 달래랴 난감해 어쩔 줄을 몰랐다.

간신히 울음을 그친 아이를 데리고 밥을 먹으러 푸드코트에 갔다. 아이는 아이답게 짜장면을 먹고 싶다고 했다. 식사가 나오자 주먹만한 얼굴 절반에 짜장을 묻히면서 맛있게 먹었다. 어린 아이는 저렇게 짜장을 잔뜩 얼굴에 묻히면서 먹는구나—라며 복잡한 심정으로 그 모습을 바라보던 그때는 이 조그마한 인간이 내 인생의 기적 같은 사랑이 될 줄 꿈에도 몰랐다.

7

엉겁결에
살림을 차리다

아들 하나 있는 남자와 결혼하겠다고 나서자 어머니가 "너는 남이 낳은 아이 키울 주제가 못 된다"며 만류하셨다. 어머니가 말리지 않았더라도 나부터도 자신이 없었다. 나에겐 초등 1학년밖에 안 된 어린아이는 말이 안 통하고 터무니없는 떼를 쓸 것이며 뜻대로 안 들어주면 울며 고집부리는 골치 아픈 존재일 거라는 선입견이 있었다. 애가 빽빽 악을 쓰면서 자기 맘대로 하겠다고 어깃장을 놓으면 어떡하나. 애가 말을 안 들어서 밉고 꼴보기 싫으면 어떡하지.

그때 내 나이가 서른아홉 살이었는데 그 나이 될 때까지 내 성격이 원만하고 무난한 편이라고 생각해본 적도 없고 그렇다는 말을 들어본 적도 없었다. 그 반대였다. 나는 별것 아닌 작은 일에도 쉽게 화를 내고 짜증내는 쪽이었다. 그리고 내겐 힘들어도 참고 밀고 나가는 뚝심이나 근성 같은 것도 없는 편이었다. 나는 조금이라도 지치면 쉽게 중단하고 놓아버리는 사람, 결승선이 바로 눈앞에 보이는데도 힘들다고 그만두는 사람이었다. 이런 내가 제멋대로 하겠다고 빽빽 울어대는 어린 인간을 다루다 지쳐서 어느 날, "아우 나 몰라, 포기야, 나 그만할래" 하고 뛰쳐나가게 될까봐 무서웠다. 빽빽 울어댈 것 같은 어린 인간한테 아직 정이 없었지만 그런 일을 하면 어린 인간에게 큰 상처가 되리란 건 알았다. 정이 있고 없고를 떠나서 누군가에게 그런 상처를 주고 싶지 않았다.

그래서 결정을 못 하고 망설이기만 하며 1년 넘게 시간을 흘려보내던 차에 결단을 내릴 수밖에 없는 사정이 생겼다. 다니던 회사에서 그만 나오라는 통보를 받은 거였다. 앞에서도 얘기했듯이 내가 기자 일 할 능력이 안 된다는 건 나만 알아챈 게 아니었다. 회사에서도 알아보았다. 그때쯤에는 취재도 너무 힘들고 취재를 못하는 나 자신에 대한 자괴감도 지긋지긋해서 그만 나가달라는 말이 반가울 지경이었다.

회사 기숙사에서 방을 빼야 했다. 엄마 집으로 다시 기어들어

가든가 준성이 아빠 집으로 가든가 양자택일을 할 수밖에 없는 날이 다가왔다.

한국 전쟁이 발발한 6월 25일은 내가 지금 남편과 살기 시작한 날이다. 2005년 6월 25일 아침, 나는 독립문에 있던 회사 기숙사를 나왔다. 입던 옷과 침대, 서랍장 한 개, 카세트 라디오 한 개가 전부인 짐을 용달차에 싣고 출발할 때까지도 어디로 갈지 결심이 안 섰다.

"아저씨, 일단 강변북로를 타주세요."

그대로 강변북로를 따라 남양주의 부모님 집으로 가든가 청담대교를 건너서 당시 분당에 살았던 준성이 아빠 집으로 들어가든가 둘 중 하나였다. 평일 오전이라 길도 막히지 않았고 용달차는 금세 강변북로에 들어섰다. 용달차 아저씨는 손님에게 말걸기 좋아하는 택시 기사 같았다. 이삿짐 운반하며 겪은 별별 에피소드를 들려줬다. 약속 시간에 가보면 짐도 안 싸놓은 건 기본이라나. 어느 때는 용달차 부른 사람이 자고 있어서 깨워서 같이 짐 싸야 했던 경우도 있었단다. 아저씨 얘기에 건성으로 대꾸하면서 바라본 창밖으로는 한강이 초여름 햇빛 아래 반짝이고 있었다.

그날 그 용달차를 타고 강변북로를 달릴 때 내 마음이 어땠는지 지금도 기억난다. 외국 땅에서 12년이나 뭉갠 끝에 결국 학위를 따지 못했고, 귀국한 후에 어느 마이너 매체 잡지의 기자가 되어 '체제의 끄트머리'에 간신히 발을 붙였다가 그나마 밀려났으며, 만 나이로 서른아홉, 세는 나이로 마흔이었다. 자식도, 남편도, 밥벌이를 할 직장도, 내세울 경력도, 모아 놓은 돈도 없는 이혼녀였다. 세상에서 가장 구석지고 안 보이는 곳, 아무의 눈에도 띄지 않게 틀어박힐 수 있는 곳이 있다면 그곳으로 조용히 사라지고 싶었다.

내가 지금 여덟 살 먹은 아들이 딸린 주제에 나더러 결혼하자고 꼬시는 남자와 정말 살고 싶은 건지, 아니면 순전히 엄마랑 다시 살아야 하는 게 너무 끔찍해서 그 남자 집에 가려는 건지, 연애하는 동안 백만 번쯤 했던 저울질을 다시 했지만 백만 번을 해도 답이 없던 문제는 여전히 답이 없었다. 그 여덟 살짜리 아이가 퍼내고 또 퍼내도 마르지 않는 기쁨의 원천이 될 줄을 그때는 상상도 못 했었다. 알았으면 고민하지 않았을 것이다. 원래 한 치 앞에 있는 게 뻘구덩인지 생명수가 솟는 샘인지 알 수 없어서 머리 싸매는 게 인간이다.

그날 구체적으로 무슨 생각을 했는지는 시간이 지나며 희미해졌지만 용달차 창밖으로 보이던 강물, 햇빛을 받아 반짝이며 무심하게 흐르던 한강은 기억에 남아 있다. 청담대교를 500미터 쯤 남겨놓은 마지막 순간에 "아저씨, 분당으로 가주세요"라고 결단을 내렸던 그날의 한강. 더 고민해봐야 제자리 걸음이니 그냥 같이 살아보자고 결심했던 그 순간의 한강. 그 후로 셀 수 없이 많은 날을 한강을 건너거나 옆으로 지나갔지만 그날 바라봤던 한강은 내 기억 속에서 홀로이 그날만의 한강으로 남아 있다.

세월이 흐른 후에 돌이켜보면, "내가 엄마 노릇을 할 수 있을지 없을지 모르겠으니 일단 살아보자"는 결단은 아이 생각은 안 하고 내 생각만 한 이기적인 결정이었을지도 모른다. 한 두어 달 정도 같이 살아보고 이게 아닌가 보다, 싶으면 "미안해, 엄마가 되준다고 했던 거 취소할게. 나 갈게. 잘 있어" 하고 떠나겠다는 심보였을 수도 있다.

그런데 그건 나중에 생각해봤을 때, 혹시 내 생각만 한 건 아 닐까 반성이 되었다는 이야기이고, 결정을 내리던 그 시점에서 는 일단 같은 집에 들어가 살기 시작하는 게 그나마 가장 합리적 인 결정 같았었다. 내가 새엄마 노릇을 잘할 수 있을지 없을지를 두고 1년이 넘게 고민하고 망설인 끝에 다다른 결론은 그랬다. "이렇게 계속 고민해봤자 답은 안 나온다, 일단 부딪쳐서 일을 저질러보지 않고는 백날 상상해봐야 알 수 없겠구나"라는 것이

수많은 저울질 끝에 내린 결론이었다.

8

한집에 살자마자
사랑에 빠지다

그랬는데 희한하고 신기한 일이 생겼다. 그토록 고민하고 저울질했던 게 무색할 정도로, 한집에서 살게 되자마자 바로 아이한테 사랑에 빠진 것이다. 아이한테 홀딱 반하는 데 두 주일도 안 걸렸던 것 같다. 데이트할 때 아빠 따라온 아이로 만날 때는 몰랐는데 한집에서 내 손으로 돌봐주기 시작하자 며칠 만에 아이가 달라 보였다. 무작정 예뻤고 그 조그만 게 엄마 없이 여태 살았다니 가여워서 가슴이 미어졌다. 아이가 하는 말 한 마디 한 마디에, 눈에 보이는 아이 행동 하나하나에 온 마음과 신경이 다 쓰였다.

아마도 그건 어린아이란 너무 약한 존재라서 그랬던 것 같다.

아이는 내 손길이 가지 않으면 인간답게 살 수 없는 존재였다. 아이는 물을 주지 않으면 말라 비틀어져 죽을 화초 같았다. 만일 내가 관심을 거두거나 방치한다면 시드는 화초처럼 조금씩 생명력을 잃어버릴 것 같은 존재였다.

내 손길, 내 관심, 내 애정에 한 인간의 생명이 달려 있었다. 그 생명이 시들지 않고 힘차게 자랄 수 있도록 내가 줄 수 있는 모든 걸 다 줘야만 했다. 어떻게 안 줄 수가 있단 말인가. 나 아니면 꼼짝없이 말라죽을 화초 같은 어린 생명에게 내 모든 사랑을 쏟아붓는 것이야말로 내게는 세상에서 가장 자연스러운 일이었다.

부모가 자식을 사랑하는 마음의 본질은 바로 그런 것 아닐까. 나 아니면 아무것도 할 수 없는, 나에게 모든 것을 맡긴 약하고 작은 존재에 대한 무한 책임. 그 책임이 무겁고 고단하지만 그래도 기쁘게 수행하게 되는 마음에서 오는 행복.

자녀나 동반자 같은 어떤 특정 존재에게 지속적인 사랑을 유지할 수 있는 건 행복 호르몬 또는 애정 호르몬이라고 불리는 옥시토신이 분비되기 때문이라고 한다. 호감 가는 상대를 볼 때나 매력을 느낄 때에 이 옥시토신이 분비되고, 특정한 대상과 특별한 유대 관계를 맺고 감정적 교류가 이루어질 때에도 옥시토신이 중요한 역할을 한다. 특히 생물이 자기 자식을 보살피는 활동을 할 때 옥시토신이 분비되어 쾌감을 준다고 한다. 인간이나 동물이 자식을 돌볼 때 옥시토신이 분비되기 때문에 양육이 육체적으로는 고되어도 뇌는 행복을 느끼고 그 활동에 몰두한다는 것이다.

돌이켜보면 준성이와 같이 살게 되고 얼마 안 되어 나의 뇌에서 옥시토신이 솔솔 흘러나왔다고 설명할 수밖에 없다. 그 호르몬 작용으로 애착이 생겼고, 애착을 통해 아이는 많은 사람 중 하나가 아니라 나에게만 오직 하나뿐인 특별한 존재가 되었다고 이해된다.

옥시토신이 분비될 때 인간은 행복하다고 느끼고 타인에게 친절하고 다정하게 대하게 되며, 상대방의 잘못에 대해서도 관대해진다고 한다. 안정되고 따뜻한 애정, 신뢰와 긍정의 감정이 많아지기 때문에 너그러운 마음으로 상대의 허물을 참아줄 수 있게 된다고도 한다.

하루는 시누이네 집에 놀러가서 아이 사촌들과 함께 치킨을 시켜 먹고 있었다. 여러 명 둘러앉아 한 쪽씩 집어 먹다 거의 다 먹어갈 무렵 내가 손을 뻗어 남아 있던 치킨 중 살이 가장 많이 붙은 조각을 집었는데 아이가 그걸 보더니 내 손을 툭 쳐서 떨어뜨리게 하고는 자기가 집어갔다. "너는 내 엄마라며? 엄마니까 양보해!"라는 몸짓이었다. 엄마 거니까 당당하게 빼앗아 먹겠다는 손짓이 어찌나 예쁘고 대견하던지 잠시 어리둥절할 정도였다. 내 손에 들린 음식을 빼앗아가는 인간이 사랑스러워 못 견딜 정도의 감정은 난생처음이었다. 이건 너그럽게 허물을 참아주는 것과는 다른 차원이었다. 눈에 콩깍지가 씌워지면 무슨 짓을 해도 예뻐 보이는 경지가 이런 건가 보다 하였다.

그렇게 사랑과 더불어 세상이 달라지는 건 태어나고 처음 해본 경험이었다. 예전에 남자들과 했던 그 어떤 연애도 세상을 이렇게 달라지게 만든 적 없었다. 영화나 드라마에서 주인공이 사랑에 빠졌다는 걸 표현하느라 화면에 입히는 색을 바꾸는 것처럼 세상의 색깔이 달라졌다. 숨 쉬는 공기의 냄새도 달라진 것 같았다. 아이와 사랑에 빠지자 모든 게 달라졌다.

9

결혼식과
신혼 여행

삼십 대 후반 나이에 두번째 결혼 상대로 남편을 택한 이유는 이 사람이라면 내가 계속 견딜 수 있을 것 같아서였다. 견딜 수 있겠다는 표현은 너무 냉소적인가. 다른 말로 바꿔본다면 이 사람이랑은 친구로 잘 지낼 수 있겠다는 느낌이었다. 연애 감정 때문에 구름 위를 걷는 행복한 기분 같은 건 1년이면 지나간다는 정도는 알 나이였다. 결혼을 유지하는 건 연애 감정이 아니라 우정과 동지애라는 건 결혼을 해본 사람이라면 다들 안다.

데이트하던 시절, 남편에 대해서는 일찌감치 "이런 사람이라면 좋은 친구로 오래 잘 지낼 수 있겠다"는 판단이 섰는데 남편이 데리고 나오던 아이에 대해서는 그걸 알 수가 없었다. 초등

1학년생이랑 나눌 수 있는 얘기는 아침엔 뭐 먹었어? 학교 재미있어? 등이 고작인데 이런 대화로는 내가 이 아이를 오래 견딜 수 있을지, 아이 돌보는 노동을 계속 견딜 수 있을지, 판단을 내릴 수 없었다. 차일피일 시간만 흘러갔고 어느 시점이 되자 더 이상 시간만 보내봐야 소용이 없겠다 싶어서 짐을 싸들고 남편 집으로 들어갔던 거였다.

그런데 한집에 살면서 아들을 돌보기 시작하고 한 달도 되기 전에, 아이는 내가 '견디는' 대상이 아니라는 걸 알게 됐다. 아이는 그보다 훨씬 의미 있는 어떤 것이었고, 견뎌야 할 대상이 아니라 기쁨을 주는 존재였다.

맛있는 음식을 해줬더니 애가 활짝 웃으며 좋아했다. 그 웃는 모습이 너무 이쁘고 행복했다. 아들이 맛있는 걸 먹으면서 좋아하는 모습을 보는 일보다 더 기쁘고 신나는 일이란 건 그 전에도 없었고 그 후로도 알지 못한다. 아들이 맛있는 식사를 앞에 놓고 "오! 맛있겠다!"를 외칠 때 기분이 가장 좋아지는 건 그때로부터 10여 년 세월이 지난 지금도 마찬가지다.

밤이 되어 "이제 그만 들어가서 잘 시간이야"라고 말하면 아이는 티비 앞에 앉아 있는 내게 와서 손을 끌어당기며 자기 옆에 와서 잠재워달라고 졸랐다. 자기가 잠들기 위해서는 내가 꼭 와

줘야 하는 게 당연한 일이라고 요구했다. 나는 그게 너무 신기하고 기특하고 예뻐서 어쩔 줄 모르겠는 심정이 되곤 했다. 침대로 같이 가자고 애가 내 손을 잡아당길 때면, 세상 어떤 남자가 침실로 나를 부를 때 이보다 더 좋은 적이 있었던가, "없었지, 없었고 말고"라는 생각이 들었다.

아침 잠이 많은 내가 애 학교 보낼 시간에 맞춰 일찍 일어나 아침밥을 해 먹이고, 애 옷을 챙겨 입히고 책가방을 제대로 쌌는지 살펴서 학교에 보내고, 오후에 아이가 집에 오면 간식을 먹이고 뭔가 나를 필요로 할 때마다 상대해주고 저녁밥을 차려 먹이고 자기 전에 동화책을 읽어주는 하루 또 하루가 반복되어 흘러갔다. 그런 날들이 반복되는 동안 내가 이 일을 앞으로도 계속 견딜 수 있느니 마느니 어쩌고 하는 생각은 단 한 번도 떠오른 적 없었다. 아이는 내가 견뎌야 할 '남이 낳은 아이'가 아니라 나에게 모든 걸 의지하고 있으며 내가 없으면 안 될 작은 생명이었고 나의 하루를 기쁨으로 채워주는 '나의 아이'였다.

어린아이들에게는 가까이 있는 사람을 기분 좋고 행복하게 만들어주는 능력이 있다. 어린아이들만이 갖고 있는 특별한 힘이 있다. 맛있는 음식을 먹는다든가 갖고 싶던 장난감이 생겼다든가 하는 작은 일이 생겨 마음껏 행복해하는 느낌을 아이가 활짝 표현하는 모습을 보면 나도 덩달아 행복해졌다. 아들이 웃으면 디즈니 영화에 나오는 요정이 마법의 지팡이를 휘두른 듯 온 집 안에 환희로 반짝이는 금가루가 날리는 것 같았다.

마찬가지로 아이가 뭔가 작은 욕구가 채워지지 않아서 힘들어하거나 슬퍼하거나 화를 내는 모습을 보면 내 마음도 덩달아 슬퍼 어찌할 바를 모르게 된다. 어서 그 욕구를 빨리 채워줘서 아이가 활짝 웃는 모습을 다시 봐야 하는 것보다 세상에서 더 시급하고 중요한 일은 없어진다.

아이가 좋아서 웃으면 나도 행복해서 웃고 아이가 뭔가 부족하다며 서러워하면 나도 속상해하면서 하루하루가 지나갔다. 그렇게 일곱 달이 지난 후에 우리 부부는 결혼식을 올렸고 아이와 셋이서 신혼여행을 다녀왔다.

여행지는 인도네시아 발리였는데 그때쯤에는 나한테는 신혼여행이 문제가 아니었다. 동남아 관광지의 으리으리하게 호화로운 호텔, 하얀 모래사장이 드넓은 파랗고 투명하고 예쁜 바다, 근사한 식당에서 먹는 맛있는 음식들을 아들에게 빨리 보여주고 먹여주고 싶어서 여행날짜를 손꼽아 기다렸다. 아들이 얼마나 여행에 만족해하며 즐거워할 것인가 그것만이 최고 관심사였다.

호텔에 도착해서 짐을 풀고 옷을 갈아입고 수영장으로 나가던 길이었다. 눈부신 햇볕 아래 파랗게 펼쳐진 넓은 수영장 광경에 입이 딱 벌어진 아들이, 남편과 내가 무언가 챙기느라 잠시 지체하자 우리를 재촉하느라, "빨리 가요, 빨리! 왜 시간을 낭비하고 있어!" 외치면서 수영장을 향해 달려가던 모습, 그 모습이 너무 좋아 가슴이 터질 것 같던 순간은 지금 떠올려도 흐뭇하다.

언젠가 다시 아들과 남편과 함께 부모님도 모시고 발리의 그 호텔에 가고 싶다는 꿈이 그때부터 생겼고 지금도 늘 소망하는 꿈이다. 그 꿈은 이루어지면 더 바랄 나위가 없을 것이고 만일 이루어지지 않는다 해도 좋다. 꿈은 이루어지지 않더라도 그 자체로 우리 삶을 윤기 있게 만든다. 다시 가고 싶다고 꿈 꿀 만큼 아름다운 추억의 장소가 있다는 것은 행복한 일이다.

10

아들의 마음은
언제 나에게 열렸을까

나는 어느 순간부턴가 아들이 너무 예뻐서 어쩔 줄 몰랐고 아들과 내가 서로 사랑하는 엄마, 아들이 되리라, 그래서 영원무궁토록 행복해보리라는 열망을 불태웠지만 아들도 나처럼 비슷한 시기에 같은 마음이 되지는 않았을 것이다. 아이로서는 어느 날 갑자기 한집에서 살게 된 '아빠 여친'을 온전히 믿고 의지해도 되는 건지 의심스러웠을 수도 있다. 하루아침에 엄마라고 부르게 된 이 사람이 지금은 친절하게 잘해주지만 어느 날 휙 떠나는 건 아닌지 불안했을 수도 있다.

이성과 사랑에 빠지는 게 순간이듯 아이와 사랑에 빠지는 것도 순간이었다. 그래서 같이 살고 얼마 안 되어 내 마음에는 이미 남편보다 아이가 훨씬 중요한 존재가 되어 있었지만 마음이라는 게 버선목처럼 뒤집어 보여줄 수 있는 것도 아니고 말로 표현한다고 마음이 그대로 전해지는 것도 아니다. 아이로서는 내 마음이 어떤지 알 수 없으며 어쩌면 아들 눈에 비친 나는 아빠와 자기, 둘만 있었던 가족에 불쑥 끼어든 손님일 수도 있다고 느낀 건 같이 살고 몇 달 지났을 무렵이었다.

남편이 회사에서 주는 무슨 기념품 같은 것을 들고 퇴근한 날이었다. 집에 들어선 남편이 손에 들고 있던 포장지에 싼 물건을 나에게 건네는데 옆에서 아이가 못마땅하다는 말투로, "뭐야? 또 선물이야?"라며 따지듯 말하길래 나도 남편도 흠칫 놀랐다. 아들 목소리에 가득 찬 불만을 좀 드라마틱하게 해석해보자면, "아빠는 이제 나는 보이지도 않고 관심도 없어? 선물은 엄마라는 이 사람한테만 주기야?"였기에 둘 다 당황했다.

여럿이 같이 치킨 먹는 자리에서 내 손에 들린 닭조각을 당당하게 빼앗아가길래 애 마음속에서 이미 나는 '세상에서 가장 만만한 존재 = 세상에서 유일하게 내가 마음대로 치킨 빼앗아 먹어도 되는 존재 = 엄마'로 등극한 줄 알았더니 그게 아닌 모양이었다.

부모가 흔히 하는 실수가 자기 마음을 자녀가 안다고 가정하는 것이다. 부모 마음속에는 자식에 대한 사랑과 염려가 철철 넘쳐흐른다. 그렇기에 아이를 상대로, 이래라저래라, 또는 이러지 말아라 저러지 말아라 등의 잔소리를 할 때 아이가 그걸 못마땅해하거나 역겨워하거나 지겨워하리라는 상상을 잘 못한다. 누구에게든 자기 자식에 대한 사랑과 염려와 잘 살아달라는 축원은 세상에 태어나 처음 느껴보는 간절하고 숭고한 감정이다. 그 축원과 염려에서 나오는 말이기에 상대에게도 꽃에서 나오는 향기처럼 가닿을 거라고 생각하기 쉽다. 그 말이 듣는 사람 입장에서는 가슴에 대못 박는 소리이거나 자존심 깔아 뭉개는 폭언일 수도 있다는 걸 좀처럼 짐작하지 못한다.

그날의 퇴근길 선물 사건은 내 마음은 이미 활짝 열려 나비, 새 날아들고 꽃이 활짝 핀 천상의 정원일지 몰라도 아이 마음의 문은 아직 닫혀 있을지도 모른다는 조심을 하게 했다. 이심전심으로 내 마음을 아이가 알겠거니, 사랑과 걱정에서 하는 말인 걸 아이도 눈치로 알겠거니 하는 생각에서 순화된 어휘로라도 꾸짖거나 지적하지 않으려고 더욱 애쓰는 계기가 됐다.

함께 살게 되고 얼마 안 되었던 어느 날이었다. 월차라서 집에 있던 남편과 함께 아이 하교 시간에 맞춰 학교 앞으로 데리러 갔다. 아이는 먼발치에서 아빠 얼굴을 보고는 주먹만 한 작은 얼굴이 함박꽃처럼 환해지더니 활짝 웃으면서 뛰어왔다. 아이는 당연한 일이지만 내 쪽은 거들떠보지도 않았고 아빠가 온 게 너무 좋아서 싱글벙글이었다.

아! 그 모습은 마치 천사가 웃으며 달려오는 것 같았다. 그 웃는 얼굴에서 광채가 우리 앞으로 쫙 뻗어나오는 것 같았다. 저 천사는 왜 나한테는 안 웃어주는 건가. 남편에 대한 질투와 부러움이 심장을 움켜잡고 쥐어짜는 것 같았다. 순간 마음에 투지가 무럭무럭 끓어올랐다. 언젠간 아이가 내 얼굴을 쳐다보면서 지금처럼 활짝 웃는 날이 올 거야. 그날이 오게 만들고야 말겠어—라는 다짐으로 주먹을 불끈 쥐었다.

그래서 그날이 언제쯤 왔는지 궁금하신가? 결론을 말하자면 나에게 그런 날은 끝내 오지 않았다. 아이가 천사처럼 함박꽃처럼 부모를 보며 웃는 나이는 대략 일곱 살에서 여덟 살까지이다. 그 시기가 지나면 부모를 길에서 마주칠 때 더는 그렇게까지 행복해하지 않는다.

아이의 마음이 언제쯤 나에게 활짝 열렸는지, 이 엄마한테 화내고 소리 지르고 따져도 엄마가 도망갈까봐 걱정 없이 편해졌는지 잘 모른다. 잘 모르지만 부모 얼굴을 보면서 너무 좋아서 환하게 웃는 나이인 여덟 살은 지난 다음이었나 보다. 그날 이후로도 나 혼자서 학교나 학원으로 마중 나가 길에서 만난 적이 더러 있었지만 한 번도 그날의 천사 같은 웃음을 내게는 보여준 적 없었으니 그랬는가 보다 한다.

이 글을 쓰다 보니 마음이 문득 서운해진다. 나는 내 새끼가 나한테 천사처럼 웃어주는 걸 못 봤구나. 그런 생각을 하자 가슴 한 구석에 쓸쓸한 바람이 지나가는 것 같아서 마침 대학교 방학이라 집에 와서 어슬렁거리고 있는 아들을 붙잡고 물어본다.

"아들아. 우리 아들은 몇 살 때부터 엄마가 좋았나?"

아들은 이게 무슨 자다가 봉창, 황당한 소리냐는 얼굴로 히죽히죽 웃기만 한다.

11

아들에게
혹시 동생이 생겼다면

평생의 족쇄이자 십자가인 자식은 낳아 키우지 않고 한평생 내 마음대로 내 편한 대로 살다가 가겠다는 인생 플랜으로 서른일곱 살까지 살아왔다. '남이 낳은 아이'를 내가 키울 수 있을지 불안하고 자신이 없어서 1년 넘게 결정을 못 내리며 뭉그적거렸었다. 그랬는데 아들과 사랑에 빠지고 엄마가 된다는 게 이렇게 행복하고 근사한 일이라는 깨달음으로 인해 세상이 달라지는 데는 한 달도 안 걸렸다.

원래 깨달음이라는 게 한순간에 오는 것이긴 하다. 그래도 너무 빠르고 순식간이라서 아니 이럴 걸 그동안 공연히 고민만 하면서 시간을 낭비했단 말인가, 어이가 없을 정도였다. 한 살이라도 단 몇 달이라도 아이가 더 어릴 때 빨리 같이 살기 시작했으면 그만큼 행복을 앞당겼을 텐데 그렇게 하지 못한 게 원통했다.

세상 사람들 다 알고 있었는데 나만 몰랐던 비밀을 비로소 알게 된 것 같았다. 아이라는 건 정말 예뻤다. 너무 예뻐서 정신을 못 차리게 만드는 게 어린아이라는 존재였다. 돌봄 노동의 고달픔을 잊게 만들 정도로 아이는 매혹 덩어리였고 그 매혹에 한번 빠지면 출구가 없었다. 이렇게 사람 마음을 홀딱 빼앗는 존재이기에 사람들은 아무리 삶이 고달파도 아이를 낳고 키워왔던 거였다. 아니 그게 아니라 삶의 고달픔을 달래주는 건 자식뿐이었던 거였다. 그래서 인류는 멸종을 하지 않고 지금까지 번식과 생존을 계속했던 거였다.

이건 세상이 다 아는 사실이었는데 왜 나만 마흔이 가까울 때까지 몰랐을까. 왜 나만 몰랐냐고 분하다고 가슴만 치고 있을 시간이 없었다. 마흔이 내일모레라는 건 가임기가 얼마 안 남았다는 뜻이었다. 아이를 낳아 키우고 싶었다.

의붓아들이 이렇게 이쁜데 내가 낳은 아이는 얼마나 더 이쁠까—라는 생각에서 아이를 갖고 싶었던 건 아니었다. 그렇지는 않았다. 그런 마음과는 달랐다. 아이를 키우고 보살피는 일이 가져다주는 기쁨에 대해 확신이 생겼으니 하나를 둘로 늘리고 싶었을 뿐이었다.

　내가 아이를 낳으면 준성이에게 동생이 생긴다는 사실도 마음에 들었다. 나에게 새로 태어나는 아이와 준성이가 혈연으로 연결되는 광경은 상상만 해도 흐뭇했다. 이미 내 마음에 사랑이 자리 잡은 아들과 나 사이에 굳이 혈연 관계가 필요하지 않았지만 둘째로 인해 간접 혈연이 생긴다면 그 또한 반가운 일이었다.

　내가 낳은 아이가 생기면 준성이에게는 소홀해지지 않을까 하는 걱정은 전혀 들지 않았다. 준성이는 첫사랑이었다. 첫번째에게는 그다음에 오는 어떠한 것도 이길 수 없는 첫번째만의 힘, 첫번째만의 아우라가 있는 법이다.

　내가 남이 낳은 아이를 키울 수 있을까 오랜 시간 망설였던 건 육아라는 경험이 없어 모르는 일이었기 때문이었다. 그것과는 달리, 내가 아이를 낳아도 첫사랑인 아들에 대한 마음이 달라지지 않으리라는 확신은 양육을 이미 해봐서 아는 일이었기에 분명했다. 망설일 것도 주저할 것도 없었다.

　하지만 결국 아이는 낳지 못했다. 나이가 많아서인지 자연 임신이 되지 않았다. 산부인과에 다니며 2년에 걸쳐 시험관 시술을 네 번 해봤는데 끝내 임신이 되지 않았다. 두번째 시험관 때 수정란이 착상됐다가 6주만에 유산이 됐다. 그렇게 되면 소파 수술을 해야 했다. 네번째 시험관을 했을 때도 착상이 됐다가 또 마찬가지로 유산이 됐다. 더구나 이때는 태아가 살아 있는지 확인부터 먼저 해달라는 나의 요구를 의사가 들은 체도 않고 임산부 검사부터 시키더니 결국 유산 확인 후에도 비싼 검사비를 돌려주지 않는 불쾌한 경험도 겪었다. 그 기분 나쁜 병원의 이름을 꼭 밝히고 싶다. 분당 서울대병원 산부인과가 그랬다.

그때가 내 나이 만으로 마흔두 살, 한국 나이로 마흔넷이었다. 자식은 하늘이 주는 것인데 하늘이 나에게 허락한 자식은 준성이 하나밖에 없는가 하는 생각이 들었다. 그렇게 받아들이기로 했고 그 사실이 크게 슬프거나 절망스럽지 않았다. 자식이 둘이었으면 물론 기쁨이 두 배, 행복이 두 배였을 거다. 하지만 그렇다고 해서 하나는 부족하다는 뜻은 아니었다. 하나는 하나로써 충분히 좋은 거였다. 자식이란 하나이든 열이든 있는 그 자체로 좋은 거니까.

그 후로도 가끔 생각해봤다. 준성이에게 동생이 생겼다면 준성이가 나에게 갖는 의미가 달라졌을까, 준성이와 나 우리 모자 사이가 달랐을까, 질문을 해봤다.

그렇지 않았을 것 같다. 동생이 생겼다면 가족 전체의 풍경은 달라졌겠지만 나와 아들의 관계는 달라지지 않았을 것이다. 세상의 어떤 일들은 해봐야 아는 일들도 있지만 또 어떤 일들은 해보지 않아도 그냥 아는 일들이 있다. 자식이 더 생겼더라도 아들에 대한 마음은 똑같았을 거다. 자식이 여럿이면 그중에서도 마음이 더 쓰이는 자식이 있다고 한다. 그런 식으로 아이들에 대한 마음이 차이 날 수는 있었을지도 모른다. 그러나 준성이에게 가던 마음이 달라지거나 소홀해지지는 않았을 것이다. 그건 겪어보지 않았지만 확실하게 아는 일이다.

12

조건 걸지 말고
비교하지 말아요

이 책을 내기 위해 초고를 친구에게 보여줬을 때, "아빠 얘기가 너무 없네요. 마치 혼자 키운 것 같아요."라는 말을 들었다. 그러고 보니 정말 남편에 대한 언급이 많지 않았다. 그렇게 된 이유는 육아가 주부의 일이어서 내가 주로 아이와 붙어 살아서이기도 하지만 자녀 교육에 대해서 남편과 내가 보인 의견 차이 때문이기도 하다.

남편이 자녀 교육에 대해서 갖고 있던 사고방식은 좋게 말해서 전통적이었다. 다시 말해서 우리 엄마, 우리 부모 세대의 사고 방식이랑 비슷했다. 내 눈에는 남편이 아이를 키우는 방식에 문제점이 많아 보였고 지적하고 수정을 요구하지 않을 수 없었다.

다행히도 남편은 그때마다 내 의견이 옳다고 인정해줬고 나에게 아이 교육의 전권을 맡겨줬다. 그 과정을 자세히 쓰다 보면 아무래도 "남편이 이번에는 이런 식으로 아이에게 상처 줄 뻔했는데 현명하고도 지혜로운 내가 그걸 또 막지 않았겠습니까"라는 자화자찬이 반복될 판이라서 그런 에피소드는 원고에 넣지 않은 것 같다.

내가 중학교 다닐 적 일이다. 학교 앞 문방구에서 체육복을 사서 집에 와서 입어보니 사이즈가 다른 옷을 줬길래 다음 날 교환하러 갔다. 왜 달라는 걸로 안 주고 다른 걸로 줬냐고, 맞는 걸로 바꿔달라고 했더니 주인이 나한테 화를 내면서 당장 나가라고 했다. 옷을 다르게 줬다고 따지는 내 말투가 기분 나빠서 그랬던 것 같다.

나는 어른이 화를 내니 무서웠고 정당한 요구가 묵살되어 분했고 옷을 못 바꾸게 돼서 난감했다. 그랬지만 집에 가서 엄마한테 "엄마! 문방구 아저씨가 옷 안 바꿔준대!"라고 일러바치고 도와달라고 할 생각은 못 했다. 엄마는 문방구 아저씨보다 더 무서운 사람이었으니까. 나한테 엄마는 나한테 뭔가 부당한 일이 생겼을 때 나 대신 싸워달라고 내 편이 되어달라고 달려가기에는 너무 겁나는 사람이었다.

나는 아들에게 겁나지 않은 엄마, 무섭지 않은 엄마가 되고 싶었다. 무슨 일이든 생기면 가장 먼저 생각나는 사람, 억울하고 분한 일이 있었을 때 달려가서 일러바칠 사람, 어서 나를 도와주고 내 편이 되어달라고 의지하는 사람이 되어주고 싶었다. 내 경험에 비춰봤을 때 부모가 너무 엄격하거나 까다로우면 아이가 그럴 때 달려올 수 없을 것 같았다.

남편은 "엄마는 자애롭더라도 아버지는 엄격해야 아이가 바르게 자란다"고 믿는 편이었고 나는 그렇지 않다고 주장하곤 했다. 아이를 두고 이렇게 의견이 갈릴 때 남편은 자기 생각을 강하게 고집하지 않고 내 주장을 귀기울여 들은 다음 내 말이 맞다고 인정하는 편이었다. 그런데 그렇게 한 고비를 넘기고 나서 다음에 또 다른 일이 터지면 남편은 다시 "엄마는 자애롭게 아빠는 엄격하게" 주장으로 돌아가 있곤 했다. 그게 평소의 신념이었고 아이 교육에 대해 갖고 있던 고정 관념이었으므로 그럴 수밖에 없었다. 매번 설득해야 했고 매번 "엄마 아빠는 애가 밖에서 안 좋은 일을 겪었을 때 가장 먼저 찾는 안전지대가 되어야 한다"는 주장을 설파해야 했다. 그럼 또 고개를 끄덕이며 들어주었다. 생각해보면 그렇게 들어주고 인정해줬으니 다행이고 감사한 일이다.

어른이 만나서 부부로 산다는 건 그런 과정이다. 세계관이 다르고 사고방식이 다른 두 성인이 함께 살아가려니 같은 것을 놓고 서로 다른 이야기를 하기도 하고, 각자 다른 견해를 펴면서 서로가 "내 얘기가 상식이고 진리이며 네 얘기는 어거지"라고 우긴다. 치열하게 대화해서 합의점에 이른 듯한 상태로 정리되어 한 건을 마무리 짓고 넘어갔다 해도 시간이 지나고 비슷한 일이 또 생기면 도로아미타불, 원점으로 돌아가서 똑같은 이야기를 되풀이하며 부딪치는 게 부부다.

남편이 아들에게 시도하는 육아 방법 중 가장 싫었던 건 조건을 달아서 뭔가를 하도록 요구하는 일이었다. "숙제 다 하면 게임하게 해줄게"라든가 "네 책상 위 정리하면 만화 한 시간 보기" 같이 과제를 지정해서 그걸 완수하는 조건으로 보상을 주는 식의 육아를 하려 들었다. 내 생각엔 목표를 달성해야 상이 주어지는 시스템은 초등학교만 들어가도 시작돼서 평생 지속된다. 아무도 거기서 빠져나가지 못하고 관 뚜껑 닫을 때까지 시달리는 게 인간의 삶이다. 부모까지 그 시스템을 거들고 나설 필요는 없으며 그러지 말아야 한다는 게 내 생각이었다.

그게 공부든 착한 행실이든 정리정돈하는 습관이든 부모가 아이한테 "네가 뭔가를 해서 보여주면 나는 너를 인정하고 사랑하겠다"는 개념을 주입하는 건 싫었다. 그런 거 아무것도 안 해도 부모는 널 사랑해, 부모의 사랑을 받기 위해 공부를 잘하거나 밥을 남김없이 먹거나 방을 잘 정리하지 않아도 돼―라고 아들에게 알려주고 싶었다. 아이에게 부모는 무슨 짓을 해도 괜찮고 혹시 말썽을 부려도 이해받는다는 신뢰를 줘야 한다고 믿었다. 공부 잘하면 칭찬 받고 착한 행동하면 사람들이 좋아하고 정리정돈 잘하면 선생님이 예뻐하는 거 학교에서 꼬맹이 시절에 다 배운다. 애가 그거 못 배워서 인간 망종으로 자랄까봐 너무 걱정하지 않아도 된다.

애는 말썽도 부리고 제멋대로 행동도 하고 못되게 굴기도 하고 터무니없이 떼를 쓰기도 하니까 애다. 아직 생각이 여물지 않은 어린아이는 원래 그런 것이고 자라면서 미성숙한 면들이 스스로 통제가 될 것이니 기다려주는 게 부모의 역할이다. 간섭하고 싶지만 참고 기다리는 것은 힘든 일이다. 힘든 걸 노력하는 게 부모의 의무라고 생각한다. 나는 아들에게, 잘하면 상장 주고 못하면 벌을 주는 관리자가 아니라 뭘 좀 잘 못 하더라도 전폭적으로 믿을 수 있는 든든한 "빽"이 돼주고 싶었다. 마음 놓고 뛰고 굴러도 흔들릴 염려가 없는 안전한 보금자리가 되고 싶었다.

"해달라는 대로 오냐오냐 다 해주면 애가 버릇 없어진다"는 것이 우리 부모 세대와 남편의 생각이었다. 나는 해달라는 대로 오냐오냐 다 해주는 엄마가 되는 게 지상 목표였다. 그렇게 노력했다고 해서 내 아들이 버릇없이 컸냐 하면 전혀 그렇지 않다. 우리 애는 옆 사람 눈치를 잘 봐가며 타인 배려를 잘하는 젊은이로 자랐다. 그건 아들이 의붓아들이고 내가 새엄마라서 애가 내 눈치를 보며 자라서가 아니다. 인간은 누구든 타인의 눈치를 보고 상황 봐가면서 누울 자리 보고 다리 뻗는 존재다. 그래서 내 아들도 만만한 상대에게는 좀 풀어지고 어려운 상대는 어렵게 대하는, 사회부적응자가 아닌 성인이라면 누구나 갖추는 예의를 아는 청년으로 자랐을 따름이다.

아이에게 과제를 하면 상을 준다는 식으로 조건 걸지 말자는 것과 함께 또 하나 내가 주장했던 육아 원칙은 남과 비교하지 말자는 거였다. 여기에 대해서는 남편도 별로 이의가 없어서 조건 걸지 말자는 주장처럼 자주 개진할 필요 없이 한결 수월하게 적용됐다.

비교도 조건도 아이를 지금 있는 상태보다 더 높이 더 낮게 더 훌륭하게 만들고 싶다는 부모의 욕심이 동원하는 수단이다. 비교를 통해 자극 받아 더 훌륭하게 되려무나, 더 많은 과제 수행을 해서 경쟁력을 높이려무나—라는 욕심. 나는 아무와도 비교하지 않고 아무 조건 없이 사랑하는 엄마 아빠라는 존재가 아이의 행복에 가장 최우선이라고 굳게 믿었고 나의 이러한 신념에 대해 남편은 때마다 논의를 반복하는 경향이 있긴 했지만 대체로 항상 믿어주고 전폭적으로 지지해줬다. 그 신뢰 덕분에 내가 믿는 대로 아이에게 조건 없이, 비교하지 않고 사랑을 줄 수 있었으니 내 의견을 존중해준 남편에게 감사한 일이라고 생각한다.

준성이가 초등학생 때 우리는 흑석동에서 살았다. 집에서 걸어
가기 맞춤한 거리에 재래시장이 있었다.

어린애들은 준비물을 아침 등굣길에야 얘기해서 엄마를 당
황하게 할 때가 종종 있다. 그날은 학교에서 떡볶이를 만들기로
했다면서 떡과 어묵을 가져가야 한다는 얘기를 아침밥 먹고 나
서야 했다.

이다음에 준성이가 커서 "우리 엄마는 계모라서 나 준비물도
잘 안 챙겨줬었네"라고 떠올리면 어떡하나, 나는 그게 저승사자
보다 무서웠다. "새엄마라서 나한테 소홀했어"와 같은 기억은
아이에게 절대 없기를 바랐다. 나는 허겁지겁 애를 앞세워서 떡

과 어묵을 사러 나갔는데 너무 이른 시간이라 문 연 가게가 없었다. 다행히 흑석시장까지 가니 떡집이 막 문을 열고 물건을 늘어놓고 있었다.

무사히 떡볶이 떡을 사고 그 집 아주머니에게 "이 근처에 어묵 파는 데 어디 있을까요?" 하고 물었다. 아주머니는 내 얼굴에 얹힌 절박한 표정을 봤는지 잠시 기다리라고 하고는 안에서 어묵 봉지 하나를 들고 나왔다. 우리네 먹던 건데 그냥 가져가라면서. 그때의 그 고마움과 안도감이라니. 그 후로 시장 가서 떡 살 일이 있을 때면 꼭 그 집에 가서 샀음은 물론이다.

시장 안에는 반찬가게가 두 개 있다. 두 집 다 반찬 세 팩을 오천 원에 판다. 어쩌다 보니 한 집에 단골이 됐다. 그날도 세 팩을 고르고 지갑에서 오천 원을 내밀었다. 평소 같으면 돈을 건네면 아주머니는 "감사합니다" 하고 말한다. 주인 아주머니가 아무 말 없이 대뜸 앞치마 속 전대부터 뒤지기에 약간 이상한 느낌이 들었지만 그냥 돌아서고 말았다. 몇 걸음인가 걸었을 때 퍼뜩 내가 건넨 게 오천 원짜리가 아니라 그날 아침 찾아서 지갑에 넣어뒀던 오만 원짜리일 거라는 생각이 들었다. 왜 오만 원권을 오천 원 권과 비슷한 색깔로 만든단 말인가.

돌아서는 순간 나는 보았다. 아주머니가 빨간색 장지갑 안에 뭔가를 챙겨 넣는 모습을. 다가가서 내가 혹시 오만 원을 내지 않았나 물었다. 아주머니는 자기 앞치마 속 전대를 뒤집어보이며 오만 원을 받은 적 없다고 말했다. 한 치의 미세한 흔들림도 없는 얼굴로 나를 쳐다보며 그 말을 하는 사람 앞에서 나는 "아주머니 돈 지갑에 넣는 거 봤어요, 그 지갑 안도 좀 보여주실래요?"라는 말이 차마 입에서 나오지 않았다. 그 후로 흑석동에서 다른 동네로 이사 가는 날까지 두 번 다시 그 가게에 가지 않았음은 물론이다.

그런데 내 생각에 어묵을 준 여인과 내 돈 사만 오천 원을 삼킨 여인은 다른 두 종류의 인간이 아닌 것 같다. 그날 그들이 보여준 모습은 모든 사람 안에 있는 여러 가지 다른 면이 아닐까.

내 안에는 그리고 모든 인간에게는 어린 아들을 꽁지에 달고 다급해하는 애엄마를 딱하게 여기는 마음이 있는가 하면, 한순간만 뻔뻔해지면 챙길 수 있는 사소한 이익을 얼른 낚아채는 치사함도 있을 것이다.

사람 속에는 숨어 있는 얼굴도 많고 겹겹이 꼬인 길도 많아서 그때그때의 사정에 따라 미덕이 발휘될 때도 있고 허접한 욕심이 삐져나올 때도 있는 거다. 다른 사람들에게 있어 나도 마찬가지일 것이다. 어떤 사정으로 인해 나의 추한 몰골을 본 사람에게 나는 절대 다시 상종하고 싶지 않은 싸가지 재수대가리일 것이고, 또 어떤 기회에 나의 좋은 면을 경험한 사람에게는 내가 앞으로도 자주 가까이 하고 싶은 사람일 것이다.

세상에는 원래 좋은 사람과 원래 나쁜 사람이 있는 게 아니고 어떤 환경을 만나면 자기 안의 좋은 면이 빛을 발하고 또 어떤 상황에서는 사람 안의 지저분한 모습이 튀어나올 수 있는 것 같다. 종교학자 조지프 캠벨은 『천의 얼굴을 가진 영웅』에서 "진리는 하나이되, 현자는 여러 이름으로 이를 드러낸다. 인간이 되려면, 놀라울 만치 다양한 인간의 얼굴로 바뀌어 있는 신의 얼굴을 알아보아야 한다"고 했다. 흑석시장에서 만난 두 여인은 신의 섭리를 전달하는 다양한 인간의 얼굴이 아니었을까.

이 에피소드가 있고 나서 10년 가까이 흘러 아이가 군대에 가서 1년쯤 지났을 때였다. 휴가 나와서 술 한잔 곁들여 밥 먹으면서 아이는 바로 그 얘기를 했다.

"엄마, 군대에서 사람들을 보니까 말이지, 원래 나쁜 사람 좋은 사람이 따로 있는 게 아닌 것 같아. 한 사람이 어떤 때는 좋은 사람이 되고 어떤 때는 나쁜 사람이 되기도 하는 거더라구."

그렇다는 생각을 하게 되었다니 군대에서 보내는 시간이 아주 억울한 시간 낭비만은 아닌 것 같았다. 다행이다. 사람들은

이를테면 군대 같은 겪지 않는다면 더 좋을 경험에서도 무언가
를 배우게 마련이다.

14

대추나무의 잎은
늦게 돋는다

봄에 가장 늦게 새잎이 돋는 나무 중 하나가 대추나무다. 나는
그 사실을 흑석동 집에 이사 온 후 알게 됐다. 우리가 살던 2층 창
문 밖에 큰 대추나무가 있었다. 똑같이 양지바른 자리인데 그 옆
의 목련, 벚꽃, 라일락 등이 진작에 화사하게 꽃이 폈다 지고 잎
이 커져 초록이 한창 무성해지는 오월 초에야 대추나무는 비로
소 연초록 새순을 빼꼼 내민다.

　나이 서른여덟 살에 애아빠와 재혼했을 때 아들은 초등 2학
년이었다. 엄마가 되어 애 숙제를 봐주기 시작했는데 아이가 학
교 숙제인 산수를 못 풀고 어려워했다. 우리 준성이는 학교 공부
쪽으로 소질이 있는 애는 아니구나 싶었다. 마음이 많이 아프고

속상했다. 애가 공부를 못해서 속상한 건 아니었다. "일등만 기억하는 더러운 세상"이며 "행복은 성적순"인 대한민국 사회에서 공부를 못한다는 이유로 앞으로 학교 다니는 동안 얼마나 사람 기죽이는 소리를 듣게 될지 충분히 예상됐기 때문이었다.

그때, 무슨 일이 있어도 엄마인 나는 학교 성적을 이유로 아이를 구박하거나 들볶지 않으리라 결심했다. "이렇게 공부해서 커서 뭐가 될래?"라든가 "노력한 만큼 거두는 법이니라" 따위 얘기는 절대로 입 밖에 내지 않을 자신이 있었다. 다른 건 다 몰라도 공부 못한다는 이유로 아이 마음에 패배의식과 열등감을 심어주는 어리석은 부모가 되지 않을 자신감만큼은 확실했다.

그런 결심과 자신감이 분명했던 건 학교 성적을 기준으로 평가받으며 성장하는 게 사람 마음에 얼마나 치명적인 독으로 남는지 내가 경험해봐서 잘 알기 때문이었다. 나는 석사 학위 취득에 실패하고 나서 10년 가까운 시간 동안 우울증에 시달렸다. 공부 잘하는 사람들만이 차지할 수 있는 번듯한 직업을 못 갖는 인생 패배자가 되었다는 좌절에서 비롯된 우울증이었다.

90년에 브라질에 갔고 석박사 되긴 틀렸다는 전망이 확실해진 94년 무렵부터 한국에 돌아온 2002년까지 8년 내내 매일같이 죽고 싶었다. 당시 19층 아파트에 살고 있었는데 매일 아침 잠에서 깨어나 가장 먼저 하는 생각이, 오늘은 반드시 저 19층 창문에서 뛰어내려 이 치욕스러운 삶을 끝장내고야 말리라였다. 그러는 와중에 결혼도 했고 취직해서 직장도 다녔지만 오늘 아니면 내일 죽어버리고 싶다는 생각에서 벗어나본 적이 없었다. 오늘 아니면 내일 죽고 싶기는 하지만 차마 죽을 용기는 없었기에 결혼도 하고 직장도 다녔을 뿐이었다. 서양 사람들이 많이 하는 정신과 심리 분석 상담도 2년 넘게 다녔다.

어른답게 유창한 언어를 구사하고 싶었고 그러려면 모국어를 쓰는 세상으로 가야 했기에 한국에 돌아왔다고 앞에서 얘기했다. 돌이켜보면 지성적인 언어 생활을 하고 싶어졌다는 것이 바로 우울증에서 회복되어 자기애가 생겼다는 신호였다. 오늘 또는 내일 죽고 싶었을 때에는 지성적으로 말을 하든 유치원생처럼 말을 하든 별로 상관이 없었다. 죽을 마음이 없어지고 앞으로도 한참 남은 인생을 바라보게 되자 아이처럼 말하는 외국인 노릇을 그만두고 싶었던 거다.

그때쯤에는 남들이 업신여길까봐 한국에 가질 않고 브라질에 남기로 했던 결정이 얼마나 잘못됐는지 알게 됐다. '남들의 시선'이라는 건 중요하지 않다는 걸, 아니 애당초 나한테 관심을 갖는 '남들'이란 없다는 걸, "네가 얼마나 잘났는지 지켜봐주마, 만일 잘나지 못하면 깔봐주마"라고 나를 관찰하는 '남들'이란 존재하지 않는다는 걸 깨달은 게 그 무렵이었다.

남들이 나를 어떻게 볼 것인지, 세상 시선이 나를 어떻게 볼 것인지는 하나도 중요하지 않은 문제였다. 중요한 건 내 삶의 중심을 내 안에서 찾는 일이었다. 인생에서 무엇보다 공들여 성취할 일은 세상을 설명하는 내 해석을 내 언어로 세우는 일이었다. 10년 우울증 동안 절망의 바닥을 치고 나서야 얻은 깨달음이었다.

공부를 해라, 성적을 올려라, 그리하면 너에게 성공과 행복이 약속되리라와 같은 주문은 나처럼 제도권 교육에 비교적 적응을 잘했던, 그러니까 사지선다형 시험문제 답 맞히기를 잘해서 서울대에 갔던 사람에게도 상처만 안겼고 긴 세월 우울증만 줬다. 하물며 공부에 재능이 뛰어나지 않은 아이한테 어떻게 작용할 것인지 생각만 해도 공포스러웠다. 절대로, 무슨 일이 있어도, 내 아이에게 그런 상처만 주는 주문을 읊어대지 않을 결심이 확고했다.

그런데 2학년 때는 2학년 산수를 어려워하던 아들은 3학년이 되더니 2학년 산수를 척척 푸는 게 아닌가. 그래! 우리 애는 1년만 기다려주면 되는 거였다! 길고 긴 인생, 남들보다 1년 정도만 천천히 가면 되는 거였다. 봄에 가장 늦게 새순을 내미는 대추나무처럼 늦게 잎 피고 열매 맺는 자신의 속도를 기다리면 되는 일이었다.

다른 꽃나무들보다 늦게 새순이 돋는 대추나무를 보면서 이런 생각을 해본다. 봄에 가장 늦게 새순을 내지만 늦가을이 되면 달고 맛있는 열매를 맺는 대추나무 같은 사람도 좋은 거라고. 우리 준성이는 학교 성적 따위와 아무 상관 없이 이다음에 어른이 되면 자신을 꼭 필요로 하는 사람들 옆에서 행복하게 살아갈 거라고 엄마인 내가 굳게 믿는다면 아들의 미래는 반드시 그렇게 될 거라고 생각한다.

도나 타트의 『황금방울새』에 "이 세상의 위엄이 중요한 게 아니라 이 세상에서 위엄을 지키는 것, 세상이 이해하지 못하는 위엄을 지키는 것이 중요하다. 사람들과는 전혀 다른 자신을 처음으로 흘깃 보고, 그 속에서 스스로를 꽃피우고 꽃피우는 것."이라는 글이 있다. 준성이가 사람들과 전혀 다른 자신을 발견하고 그 속에서 스스로를 꽃피우기 바라는 게 나의 엄마 마음이다.

15

처음으로 받은
어버이날 꽃바구니

엄마가 된 그다음 해 5월, 아들에게서 처음으로 어버이날 꽃을 받았던 날의 감동은 두고두고 잊을 수 없다. 학교에서 집에 오는 길에 산 꽃바구니를 들고 자못 흥분하여 발갛게 달아오른 볼을 하고 집 현관문을 들어서던 어린 준성이 모습은 내가 떠올릴 때마다 가장 행복해지는 기억이다. 영화 《원더풀 라이프》에서처럼 천국에 갈 때 단 하나의 기억만 가져갈 수 있다면 한 치의 망설임도 없이 내가 가져갈 가장 행복한 기억, 바로 그날 아들이 내게 줄 꽃바구니를 들고 문을 들어서던 모습이다.

그런데 나는 아들 본인에게는 "너는 나에게 그렇게 큰 행복을 줬다"는 이야기를 입 밖에 꺼내자니 어쩐지 쑥스러워서 하지 못

했다. 그러고 보면 아들 학교 공부에 대한 나의 신념도 아들에게 직접 들려준 적은 그렇게 많지 않았다. 성적에 대해 물어보는 일 없이 무관심하게 구는 나의 태도를 통해 아이가 학교 성적에 스트레스 받지 않고 자라길 바랐는데 돌이켜 생각해보면 "성적 그까이꺼에 연연해 하지 마, 그런 건 하나도 중요한 게 아니야"라고 아이를 붙들고 좀 더 강하게 확신에 찬 어조로 들려줬어야 하지 않았나 후회스러운 일 중 하나다.

15년 전 그때나 지금이나 한국 중고교 학습 세상은 똑같다. 선행학습을 해야 하고, 사교육 학원에서는 중학교 교과서를 초등 때 미리 공부 안 하면 영영 뒤처진다고 겁을 잔뜩 준다.

이런 세상에서 아들의 엄마로서 내가 할 일은, 앞서가지 않으면 뒤처지고 만다는 그런 협박 따위는 무시해버리라고 말해주는 것이라고, 너는 너의 리듬과 속도대로 살면 된다고 아이를 격려하는 일이라고 방향을 정했다. 남에게 인정받을 필요 없으니 너의 중심을 내 안에 키우라고, 세상이 너를 어떻게 평가할 것인지에 휘둘리지 말고 스스로를 평가하는 너만의 기준을 세우라고 용기를 주고 싶었다.

공부에 소질이 부족한 아이에게는 공부를 잘할 수 있도록 사교육을 적극적으로 이용해 도와줘야 되지 않느냐고 생각하는 사람들도 있을 것이다. 나는 그렇게 생각하지 않는다. 예술 재능, 스포츠 재능을 타고나는 사람이 따로 있는 것처럼 학교 공부를 잘하는 소질도 따로 타고나는 것이다. 공부는 열심히 시키면 된다는 사고방식, '노오오력'하면 성적은 오르는 것이라는 사고방식은 위험하다.

그런 사고방식은 공부에 소질을 타고나지 않은 아이들을 불행하게 만든다. 성적이 안 좋은 아이들은 공부 쪽 지능 유전자를 타고나지 않았을 뿐인데 마치 노력하지 않아서, 게을러서, 불성실해서 성적이 안 좋다고 낙인찍는 사고방식이기 때문이다. 만일 누군가 나더러 "너도 열심히 노력하면 발레리나가 될 수 있어!"라고 말하면서 매일매일 발레 연습을 하라고 요구한다면 나는 얼마나 불행할 것인가. 나는 내 아들이 그렇게 불행해지도록 놔두기 싫었다.

그런데 돌이켜보니 나는 그렇게 믿는다는 이야기를 아들에게 하기는 했지만 귀에 못이 박히도록 하면 그 또한 잔소리로 들릴까봐 자주 많이 들려주지는 않았다.

아들이 고3이 되어 수시 원서를 내면서 학교 생활기록부를 받아왔는데 거기에 내가 모르던 교내 미술대회 수상 실적이 있었다. 나는 놀라서 "아들, 왜 상 받은 거 엄마한테 얘기 안 했어?"

라고 물었다. 아들은, "엄마는 나 상 받는 거에 관심 없잖아."라고 대답했다.

그때 좀 당황했었다. 공부 열심히 하라거나 학교 성적 올리라는 얘기를 한 번도 입 밖에 말로 꺼내지 않은 건 성적 따위 아무상관 없이 있는 모습 그대로의 네가 귀하다는 뜻이었는데. 아들에게는 자기 학교 생활에 관심이 없는 걸로 보였던 걸까?

"너에게서 아무것도 원하지 않고 너에게 아무것도 요구하지않는단다. 네가 살아갈 험한 세상에 대한 걱정과 불안은 내 마음속에서 혼자만 감당하고 그 불안을 네 앞에 드러내지 않도록 최선을 다할 거야. 엄마는 언제나 너의 있는 모습 그대로를 사랑하고 칭찬하고 자랑할 것이다. 너도 너의 있는 모습 그대로를 사랑하고 자부심을 가지는 것이 엄마가 원하는 거니까. 그것이 내가아는, 내가 믿는 유일한 사랑법이란다."라는 이야기를 다소 오글거리더라도 아들 눈을 들여다보며 자주 얘기해줄 걸 그랬나?

이런 생각을 하다 보면, 어쩌면 나의 엄마도 당신이 옳다고 믿는 방식의 육아를 하는 동안 나로 인해 행복했다거나 내가 얼마나 소중했다거나 하는 이야기는 안 해도 너무 당연한 이야기라서 안 하셨는지도 모른다는 생각이 든다.

아이를 키우는 세월은 그러했다. 오래된 상처와 불만을 다른 각도에서 들여다보고 미처 생각 못 했던 이면을 떠올리면서, 결코 풀려나지 못할 줄 알았던 분노에서 자유로워지기도 하고, 절대로 잊지 못할 줄 알았던 원망을 털어버리기도 했던 시간들이었다.

16

**글씨 쓰기 훈련이
남긴 교훈**

내가 여덟 살짜리 아이의 엄마 노릇을 할 수 있을까 자신 없어 하던 시절에 가장 걱정하며 상상했던 풍경은, 아이가 자기 맘대로 뭔가를 하겠다고 고집을 부리며 내 말을 안 들어서 나는 화를 내고 애는 빽빽 울거나 꽥꽥 소리 지르며 싸우고 서로 미워하게 되는 상황이었다.

아이가 초등학교 저학년에서 고학년으로 올라가는 동안, 그런 상황은 한 번도 벌어지지 않았다. 그런 걱정을 도대체 왜 했을까 싶을 정도로 준성이와 나에게는 서로 화내고 큰소리로 싸울 일이 전혀 없었다.

아들에게 화낼 일이 없었던 가장 큰 이유는 아마도 공부하라고, 성적 올리라고 요구하지 않았기 때문일 것이다. 학교 공부 쪽으로 재능을 타고나지 않은 아이더러 너는 왜 공부를 안 하냐고 윽박지르는 바보짓을 하지 않았기 때문일 것이다.

아이에게 엄마란 가장 중요한 존재다. 아이는 그 가장 중요한 존재로부터 인정받고 사랑받아야 원만한 인격체로 성장할 수 있다. 수많은 엄마들이 아이를 사랑하는 마음으로 아이에게 더 좋은 미래가 있기를 바라는 마음에서 학교 공부를 잘하라고 "격려"한다. 그런데 이 격려라는 것이 우수한 학습 지능을 타고난 아이에게는 가장 잘하는 일에 대한 칭찬이겠지만, 그렇지 못한 아이에게는 부담이고 스트레스를 주고 좌절감을 안길 뿐이다.

한국 사회와 한국 학교는 우수한 학습 지능을 타고나지 않은 아이들에게 이미 충분히 가혹한 곳이다. 나까지 나서서 그 가혹함을 보태기 싫었다. 그런 마음으로 나는 아들에게 학교 공부를 이유로 절대로 잔소리를 하지 않았다. 그랬는데…….

공부는 안 하더라도 글씨 쓰는 손 모양은 좀 제대로 잡아주고 싶었다. 2학년 때는 아직 어려서 그런가 보다 했는데 3학년이 되어서도 아들은 연필을 이상하게 잡고 글씨를 썼다. 오른손 첫째, 둘째, 셋째 손가락을 모아서 연필을 잡는 게 아니라 엄지와 둘째 손가락 사이에 연필을 끼우고 옆에서 보면 주먹을 쥔 상태로 글씨를 쓰곤 했다.

이거야 젓가락질 배우듯이 습관의 문제이니까 붙들고 앉아서 연필 잡는 법을 가르치기로 했다. 큼직하게 줄 쳐진 공책에 하루에 한 장, 아니 하루에 반 장만 같이 앉아서 써보면 되겠지, 일주일이면 똑바로 연필 잡는 법을 익힐 거야—라고 생각했다. 그런데 그렇지 않았다.

이미 주먹 쥔 상태로 연필 잡는 습관이 몸에 배어버린 아이는 익숙하지 않은 자세로 글씨를 써서 공책 한 장을 채우기도 너무 힘들어했다. 주먹 쥐고 쓰는 글씨는 제법 보기 좋은데 내가 정상이라고 믿는 자세로 연필을 잡게 하면 글씨가 찌그러지곤 했다.

"글씨가 다 비뚤어지네! 예쁘게 좀 써봐! 그게 안 되니?"

나도 모르게 목소리가 자꾸 높아졌다. 내 목소리가 높아지자 아이가 입을 비죽거리기 시작했다. 그 순간 이건 그만둬야겠다는 생각이 들었다.

이미 손글씨는 점점 안 쓰는 세상이었다. 빠르게 디지털화되는 세상에서 글씨는 자판을 쳐서 쓰지 손으로 쓰는 게 아닌 세상은 이미 시작된 지 한참이었다. 글씨 쓰는 손 모양이 내 마음에 안 든다고 아이를 야단쳐서 울릴 뻔하다니. 이 무슨 어리석은 짓이란 말인가. 그리하여 하루에 공책 한 장 쓰기는 첫날로 막을 내렸다. 대학생이 된 아들은 지금도 주먹 쥔 손으로 글씨를 쓴다만 상관없다. 요즘 누가 손으로 글씨 쓰냐구요.

내가 어릴 적에는 "아이는 엄하게 꾸짖어서라도 좋은 습관을 가르쳐야 한다"는 사고방식이 상식으로 통했다. 지금도 많은 부모들이 그렇게 믿을 것이다. 내가 다녔던 중학교의 1학년 때 국어 선생은 반에서 왼손으로 글씨 쓰는 아이가 있으면 교편으로 아이 손을 무자비하게 때리곤 했다. 그러면서 "너를 위해서야!" 라고 말하곤 했다. 아이를 때리고 야단치고 모욕감을 줘서 바로잡는 게 어른의 의무라고 생각했던 거다.

아이를 바로잡기 위해서 하는 일이므로 언어적, 물리적 폭력을 써도 된다는 건 어른의 자기 합리화일 뿐이다. 사실은 어른이 원하는 건 본인이 옳다고 생각하는 대로 아이가 고분고분하게 따라오고 복종하는 거다. 하지만 인간은 자신에 대한 통제력을 행사할 수 없을 때 분노하게 되는데 초등 저학년만 돼도 자기 인생은 자기가 통제하고 싶어한다. 부모가 통제하려면 아이는 저항하고 그 충돌을 대화로 해결하려면 힘들어진다. 그러니까 "엄하게 꾸짖어서라도"라는 말이 나오는 거다.

하루에 노트 한 장 쓰기로 아이의 연필 잡는 습관을 고쳐주려고 했던 건 내가 옳다고 믿는 습관을 아이에게 강요하려던 마음이었다. 강요는 저항을 부르게 마련이다. 나는 하마터면 그 저항을 누르려고 "너를 위해서 엄하게 다스려 고쳐주겠어"였던 중1 때 국어 선생의 잘못을 답습할 뻔하였지만 다행히도 멈출 수 있었다.

소아정신과 의사 서천석은 『우리 아이 괜찮아요』에서 "있는 그대로의 아이를 인정하고 있는 그대로의 아이를 사랑해야 한다. 있는 그대로를 사랑하지 않는 사랑은 가짜 사랑이다. 사랑이란 말로 포장된 내 욕심일 뿐"이라고 말했다. 아이의 연필 습관을 고쳐주고 싶어했던 건 있는 그대로를 인정하지 않고 더 나은 아이로 만들고 싶어했던 나의 욕심이었다. 그날의 연필 연습 소동 후로 나는 "이대로 놔뒀다간 애가 탈레반이 되겠다" 싶지 않은 이상 야단치지 않는다는 마음으로 살았다.

돌이켜보면 결혼 전에 내가 그토록 두려워했던 상황—아이가 빽빽 울고 화를 내고 싸워서 서로 미워하게 되는—이 우리에게 없었던 이유는 어른인 내가 옳다고 믿는 것을 아이에게 주입시키거나, 부모로서 가르칠 만하다고 용인되는 것들을 어른이라는 강자의 위치를 이용해 강요하지 않았기 때문이었다.

어느 부모나 아이가 훌륭하게 되길 바란다. 훈육을 통해서 우수한 존재로 자라도록 이끌어주고 싶어한다. 내 생각엔 부모와 자식 사이 싸우고 부딪치고 갈등하는 원인의 대부분은 "이끌어주고 싶다"는 부모의 소망이다. 이 소망은 사실은 자식을 자기 뜻대로 통제하려는 욕망인데 부모들은 그렇게 생각 안 하는 데서 비극이 시작된다. 왼손잡이 학생의 손을 때리면서 "너를 위해서 하는 일"이라고 믿었던 그 옛날 국어 선생처럼 부모들은 아이의 장래를 위한 가르침이라고 믿기에 아이에게 자신이 옳다고 믿는 바를 요구하고 아이는 저항하니 충돌하는 것이다.

아이를 심한 말로 엄격하게 다그쳐서라도 좋은 습관을 길들여주는 것이 부모의 역할이라고 생각하는 사람들이 많을 것이다. 어린 자녀를 키우다 보면 아이가 아무 그림도 그려지지 않은 도화지처럼 느껴지고 그 도화지 위에 부모의 지도와 가르침으로 근사한 그림을 그릴 수 있을 것처럼 느껴질 때가 있다. 그림이 기대했던 것만큼 아름답지 나오지 않으면 옆에서 지켜만 보지 말고, "그게 아니고 이렇게 하렴", "나를 따라해보렴" 하고 가이드라인을 주는 게 부모가 할 일이라고 믿기 쉽다. 착각이고 함정이다. 부모와 어린 자식 사이처럼 수직적인 관계에서 가이드라인이란 자칫 일반적인 강요가 되기 십상이기 때문이다.

아이는 자라나는 식물처럼 느껴지지만 식물이 아니고 인간이다. 부모가 가이드라인이라는 명목으로 나뭇가지를 꽂아준다고 해서 그 가지를 타고 올라가는 덩굴 식물이 아니다. 부모의 역할은 물(밥과 학교)을 제때 줘서 나무가 무럭무럭 자라게 하는 것, 거기까지만이다. 좋은 가르침으로 좋은 사람으로 키우고 싶다는 욕심으로 충돌과 갈등이 생기고 같은 일이 반복되면 결과적으로 아이에게 상처만 될 가능성이 더 높다.

2장

중학교와
고등학교

2010년에서 / 2015년까지

1

순둥이 아들을 빚은
엄마들

북한이 쳐들어오지 못하는 이유가 중2가 무서워서라는 우스갯
소리가 있었다. 그런 말이 있을 정도로 악명 높은 질풍노도의 시
기인 사춘기가 시작되면 육아의 어려움이 본격적으로 시작될지
도 모른다고 생각했었다. 그런데 중학생이 된 아들은 초등학교
시절과 큰 차이 없이 순둥순둥했다. 초등학생 때만큼은 아니어
도 여전히 내 손길과 시간을 요구하는 내 품 안의 자식이었다. 아
침 등교 시간이 바빠 밥을 서둘러 먹이려고 밥숟갈에 반찬 얹어
가며 먹여줄 때면 엄마새가 주는 먹이를 받아먹는 아기새처럼
입 벌리고 잘 받아먹는 것도 여전했다. 초등 6학년 이후로 더 이
상 입맞춤은 못 하게 했지만 볼이나 이마에는 언제든 뽀뽀를 해

쥐도 피하지 않았다. "사춘기에 접어들었으니 더욱 조심스럽게 대해야지", "아들이 만일 화를 내면 나는 무조건 끝까지 다 들어 줄 거야. 마음껏 화내고 하고픈 말 다 하게 해주고서 내가 전부 잘못했다고 해야지" 하고 다짐하며 아들이 화내는 날이 언제 오나, 기다렸는데 아들은 좀처럼 화내는 일이 없었다.

아들이 중학생이 되고 어느 날, 세 식구가 동네 시장 횟집에 저녁을 먹으러 간 적이 있다. 생선회와 소주를 시키고 이야기를 나누던 중에 남편 아는 사람이 식당에 들어왔다. 남편은 그이와 반갑게 인사를 하고는 아예 그쪽 자리로 합석해서 말을 나누기 시작했다. 아들과 둘이 남은 내가 "네 아빠, 엄마 얘기 듣다 말고 다른 사람이랑 놀러 갔네." 하며 푸념조로 말했을 때였다. 뜻밖에도 아들이 "나한테 얘기해. 내가 엄마 애인이라며"라고 했다. 그 순간의 감격은 두고두고 떠올릴 때마다 흐뭇하다. 놀이기구가 무섭다고 앙앙 울던 그 조그마한 아이가 어느새 자라서 이젠 생선회 접시를 앞에 두고 내가 하고픈 얘기를 들어줄 만큼 컸다는 감격이었다. 장미꽃잎처럼 고운 볼에 내 뺨을 마주 대면 꿀보다 달콤한 아가 숨결이 느껴져서 이대로 세상이 끝나도 좋을 것처럼 행복하게 해줬던 일곱 살 사내아이는 무럭무럭 커서 제법 엄마의 술자리 말동무를 해주는 중학교 2학년이 되었다.

아들은 어떻게 그렇게 순하고 온화한 성격으로 잘 자랐을까. 그건 내가 엄마 노릇을 훌륭히 잘했고 학교 공부 따위로 아들을 야단치거나 잔소리하지 않았기 때문이라고 물론 주장하고 싶다. 하지만 아무래도 온전히 내 공로만은 아닌 것 같다. 친엄마로부터 물려받은 유전자와 세 살부터 나한테 오기 전까지 키워준 아이 고모, 그러니까 내 시누이의 공이 클 것이다. 남편한테 듣기로 아들의 친엄마는 나와는 달리 성격이 매우 온화하고 마음씨고운 사람이었다고 한다. 그런 성격인 엄마가 아들이 세 살 될 때까지 사랑을 흠뻑 주며 키웠으니 정서적 안정의 토대가 만들어졌을 것이다.

아들에게 두번째 엄마가 되어준 내 시누이는 지금까지 살면서 내가 만나본 사람 중에 가장 천사에 가까운 사람이다. 천사에 가깝다고 말하는 건 마음 밑바닥에 깔린 분노가 별로 없는 사람이라는 뜻이다. 나는 내 마음에 분노가 많아서 그런지 분노가 많은 사람을 만나면 금방 알아본다. 세렝게티의 평원에서 짐승들이 마주치면 굳이 힘을 겨뤄보지 않아도 공격할 상대인지 도망갈 상대인지 아는 것처럼 본능적으로 알아본다. 시누이는 내 상대방 분노 감지센서에 들어온 사람 중에 가장 분노가 옅고 맑은 사람이었다. 온화한 친엄마의 유전자에다가 쉽사리 화를 내지 않는 고모의 육아가 더해져서 순둥순둥하게 빚어진 아이를 나는 공짜로 넘겨받았다는 게 정확한 설명일 것이다.

내 아들의 첫번째 엄마와 두번째 엄마가 성격 좋고 인품 좋은 분들이었던 덕분에 나는 아들을 키우는 동안 누군가를 사랑하고 보살피는 일을 통해 예전보다 나은 존재로 변화하는 행복을 누릴 수 있었다. 결혼해서 엄마가 되기 전까지는 나 스스로에게 자부심이 별로 없었다. 유년기의 천국이 끝난 후로는 사는 게 행복하다고 느껴본 적도 없었다. 그랬는데 생전 처음으로 나의 엄마 노릇이 뿌듯했고 내 안에서 발견한 사랑의 힘이 대견해서 만나는 사람마다 붙들고 자랑하고 싶었다.

스스로가 자랑스럽고 대견하긴 했지만 그래도 엄마라는 직업이 주로 하는 일은 자식 걱정이다. 가끔은 이런 걱정이 든다. 내 능력이 닿는 가장 좋은 것들을 주고 싶었지만 친엄마의 자리를 온전히 메울 수는 없었을지도 모른다. 잠이 오지 않는 밤이면 그런 불안감이 찾아온다. 원래 아흔아홉 개를 갖고 있어도 한 가지 없는 것부터 아쉬워하는 게 인간 아닌가. 친엄마라는 존재가 없다는 결핍이 내가 상상할 수 있는 이상일지도 모른다는 상상을 하면 괜히 혼자 슬퍼질 때가 있다. 엄마 없이 살았던 어린 날이 아이 마음에 앞으로도 오래 지워지지 않을 상처로 남을까봐 눈물 나는 날도 있다.

하지만 그런 걱정과 슬픔을 물리쳐주는 어느 날의 깨달음이 왔다. 내 인생에서 상처이자 흠결이 될지도 몰라 미리 짐작하고 걱정했던 의붓아들이라는 존재가 결국은 내 인생에 가장 큰 감사와 행복을 가져다줬다는 사실을 기억한 것이다.

나한테 그랬던 것처럼 아들에게도 어린 시절 친엄마가 곁에 없었다는 부족함이 그를 성장시키는 가장 큰 동력이 될 수 있다고 믿어보기로 했다. 내가 할 일은 그저, 아이가 아픔을 겪고 자랐으니 부디 다른 사람의 상처를 편견 없이 알아보는 밝은 눈을 가져주기를, 다른 이들의 눈물에 따뜻한 연민을 보내는 보드라운 마음을 가진 사람으로 자라주기를 기도하는 것뿐이다. 남보다 먼 길을 돌아도 괜찮으니 반드시 네 안의 사랑과 그 사랑의 튼튼한 힘을 찾는 날이 있기를 기다리며 아들의 성장을 지켜볼 것이다.

학교 폭력 뉴스에
잠 못 이루는 밤

같은 반 친구들에게 괴롭힘을 당하다 자살했다는 아이의 이야기 때문에 며칠째 마음이 아프다. 청소년들의 폭력, 자살 사건은 이제 일상적인 뉴스가 돼버린 세상이지만 이번에 죽은 아이는 내 아들과 같은 나이, 중학교 2학년이라서인지 유난히 가슴에 걸려 내려가질 않는다.

그 아이들의 폭력이 시작된 발단이었다는 컴퓨터게임, 메이플스토리는 우리 아들도 초등학교 때 줄기차게 매달려 놀았던 게임이었다. 아들은 6학년 때 게임아이템을 사려다가 온라인 거래에서 2만 원을 사기당하고 몹시 분해 했는데 다행히도 그 일을 계기로 오만정이 떨어졌는지 그 후로 더는 하지 않는 눈치였다.

중학교 2학년 남자애들은 엄마 눈으로 보기에는 아직도 아기 같은 아이들이다. 도대체 어떤 까닭으로 그 아이들은 친구를 죽음에 이르도록 괴롭히는 폭력을 죄책감 없이 저질렀을까. 죽은 아이는 부모 형제에게도 도와달라는 말 한 마디 못 하고 혼자서만 고통을 참다가 얼마나 힘들었으면 차라리 죽음을 선택했을까.

겨울 저녁, 추위에 빨개진 얼굴을 하고 학원에서 돌아오자마자 먹을 걸 달래서 텔레비전 만화 앞에서 키득거리고 있는 아들을 보자니 한없이 마음이 무거워졌다. 누구에게나 성장은 고달픈 통과 의례다. 중고등학교 시절은 특히 잔인한 시간이다. 중고교 시절을 그리워하며 그때로 돌아가고 싶다고 추억하는 사람이 세상 어딘가에는 있을까? 없을 것 같다. 나는 중고교 다니는 동안 공부를 잘해서 늘 일등이었고 반장이었고 전교 회장도 해봤지만 그 시절이라면 이가 갈린다.

아이를 키운다는 건 그 이가 갈리는 시절을 다시 살아보는 일이다. 한 번이면 족한 잔인한 시절을 간접적으로 또 겪는 거다. 초등학생 아들이 생기고 그 아들이 커서 중학생이 되는 동안 지켜보니 학교라는 제도는 내가 어릴 적이랑 크게 달라지지 않았다. 학생 인권은 무시당하기 일쑤고 학부모는 학교 행정에 불만이 있어도 애를 볼모로 잡힌 신세인지라 쩍 소리 하지 못하고 참아야 한다. 학교에서 수련회라는 명목으로 회비 받아서 며칠 동안 애들 데리고 가서는 극기 훈련이랍시고 오리걸음 같은 가학성 집단 기합이나 주고 밥은 부실하게 먹이는 사기 행각도 여전하다.

인터넷 뉴스가 많아져서 생긴 착시 현상일지도 모르지만 한 반에 60명, 70명씩 빽빽이 앉아서 수업 듣던 내 학생 시절보다 한 반에 많아야 30명 안팎이라 교사의 관찰과 통제력이 예전보다 두 배는 수월해졌을 요즘이 교내 폭력 사고는 더 많은 것 같다. 뉴스에 종종 나오는 학교 안 폭력 사고니 "일진"이니 "빵셔틀"이니 왕따니 하는 무시무시한 단어를 떠올리며 잠 못 이루는 밤이면 이래서 무자식 상팔자인가 싶기도 하다.

우리 아들은 성품이 온화한 아이라 학교에 가서 다른 아이를 괴롭힐 리는 절대 없는데 괴롭힘을 당할 가능성은 있을 거 같아서 그게 늘 걱정이었다. 누구나 자기 자식은 착하고 말썽 부릴 애가 아니고 행여 문제가 생기면 친구를 잘못 만나서 그랬다는 게 세상 모든 부모들의 생각이긴 하겠으나 우리 아들은 정말 누군가를 괴롭힐 성격이 아니었다. 누군가를 괴롭힐 아이가 아니라는 사실은 학교 선생들이 인정했던 바이고 관련 에피소드는 뒤에 따로 얘기하겠다.

신문 뉴스에 나오는 것 같은 학교 폭력의 피해자가 되면 어떡하나, 학교에서 누군가한테 괴롭힘을 당하고도 혹시 내가 새엄마라서 말하기가 어려워서 숨기면 어떡하나, 어디 가서 남을 팼으면 팼지 맞고 다닐 걱정은 안 해도 되는 괄괄한 성격이었으면 차라리 좋았으려나, 그런 걱정으로 잠 못 이루던 어느 밤에 문득 이런 생각이 들었다.

어디 가서 절대 남을 못살게 굴 리 없는 순하고 다정한 성격이라서 나랑 잘 지냈고 한 번도 다툰 적 없는 찰떡궁합 엄마와 아들이 되었던 거였다. 아들의 순한 성격은 내가 불평할 일이 아니었다. 학교 폭력 뉴스를 접할 때마다 나를 가장 근심하게 만드는 원인인 아들의 따뜻하고 부드러운 성정은 사실은 나를 가장 편안하고 행복하게 만들어 준 요인이었던 거다.

아이의 차가운 뺨을 내 두 손으로 녹이며 생각한다. 네가 누군가에게 괴롭힘을 당하는 일이 혹시 있다면 그럴 때 엄마는 네가 가장 먼저 찾는 사람이 되었으면 좋겠어. 부끄러워하거나 무서워하지 말고 도와달라고 손을 내밀도록 해. 꼭 엄마한테 그렇게 해줘. 그래서 엄마가 돕도록 해주기 바라.

3

내 곁에서 자라는
세상

"다섯 살 된 자녀는 당신의 주인이다. 열 살 된 자녀는 당신의 노예이고, 열다섯 살 된 자녀는 당신과 동등하게 된다. 그 후부터는 당신의 교육 방법에 따라서 당신의 친구가 될 수도 있고 원수가 될 수도 있다." 유대 경전 탈무드에 나오는 말이다.

97년생인 아들은 올해로(2012년) 만 열다섯 살이니 탈무드에 따르면 나와 동등한 친구인 셈이다. 아들은 요즘 버스커버스커와 존박의 신곡을 밤늦도록 듣는 눈치다. 꽃나무를 키우고 싶으니 화분을 사달라는 말도 한다. 아들이 음악과 꽃나무를 좋아하기 시작하다니 생각할수록 신통하고 흐뭇해 죽겠다.

세상에 가득한 좋은 것들을 알아볼 만큼 이제 다 컸구나. 앞으로 자라면서 아들은, 부자가 아니어도 공부 일등이 아니어도, 밝은 눈과 민감한 귀와 궁금해하는 마음만 있으면 누구나 누릴 수 있는 좋은 것들을 이렇게 자기 취향으로 찾아서 누릴 것이다.

최근 방영했던 티비 드라마 《아내의 자격》을 보면서 이 드라마는 제목을 "엄마의 자격"이라고 달았어야 하지 않았을까—라는 생각을 했다. 남편 말고 사랑하는 남자가 생기는 바람에 집에서 맨몸으로 쫓겨나다시피 한 여주인공은 '뒤늦게 만난 정분'의 혹독한 대가를 치르느라 시어머니한테 따귀 맞고 시누이에게 머리채를 잡힌다. 주홍글씨를 가슴에 단 헤스터 프린처럼 온 세상 사람들의 비웃음과 쑥덕거림을 감내하는 걸로 모자라 밤늦도록 식당 주방에서 고기판을 닦아야 한다. 이게 모두 사랑하는 남자와의 해피엔딩을 맞이할 '자격'을 갖추기 위해 험난한 율리시스의 여행을 한다는 이야기다. 그 사이사이 보여주는 대치동 사교육 현장의 모습은 과연 시청자들로 하여금 나에겐 '엄마의 자격'이 있는지 스스로 묻게 만든다.

명문 중학교, 명문 고등학교, 명문 대학교로 이어지는 입시 전쟁에서 아빠의 무관심과 조부모의 경제력과 엄마의 정보력을 모두 갖춘 집 아이들이 매끄러운 원어민 발음의 강사들이 영어로 가르치는 수학, 논술 수업을 듣는 장면을 보게 되면, 보통 엄마들은 저런 교육 환경을 자식에게 제공해주지 못한 자신이 부끄러워 몸 둘 바를 모르게 될 것이다. 가질 만큼 가진 사람들이 저렇게 악착같이 자식 뒷바라지를 하는 세상인데 나는 뭐 하고 있었단 말인가, 아이한테 미안해서 어쩔 줄 모르게 된다.

"나는 여기까지밖에 못 왔지만 내 자식만은 대한민국 0.1퍼센트의 귀족으로 만들련다"는 드라마 속 대치동 엄마 대사에 나오는 0.1퍼센트는 쳐다볼 엄두도 안 내는데. 그저 제 밥벌이하고 자식새끼 부양하며 오순도순 재미나게 사는 정도, 딱 그 수준만 바랄 뿐인데. 그만큼이라도 이루게 도와주려면 내가 더 발벗고 나서야 하는 건가, 너무 늦은 건 아닌가—라는 불안과 자책이 스멀스멀 밀려온다.

공부를 잘해서 고소득 전문직종이 되어야만 행복해질 수 있다고 믿고 살다가 그 목표가 좌절되자 삼십 대 청춘 십 년 세월을 우울증에 빠져 지냈다가 행복이란 그런 게 아니라는 깨달음을 가까스로 얻은 나 같은 사람마저도 이런 드라마를 보면 내가 엄마 노릇 잘하고 있는지 불안해질 정도다.

불안해질 때마다 나의 깨달음을 떠올려야 한다. 내가 겪었던 불행, 나의 오류를 아들 교육에서 반복해서는 안 된다고 마음을 다잡는다. 열심히 노력해서 계급 상승을 하라, 그것만이 행복해지는 길이라는 가치관을 공기처럼 당연하게 들이마시며 자란 결과로 내가 얼마나 불행했었는지를 떠올리곤 한다. 행복이 학벌이나 직업 등의 조건을 갖추면 따라오는 건 줄 알았기 때문에 학벌과 직업을 못 가지게 되자 우울증에 빠져서 세월을 흘려보냈던 과거를 상기한다.

아들에게는 행복해지고 싶으면 버스커버스커의 〈벚꽃 엔딩〉이나 〈여수 밤바다〉 같은 노래를 실컷 들으라고 말해주고 싶다. 노래를 많이 듣는 가운데 자기 취향의 음악이 어떤 것인지 알게 되어 적극적으로 찾아 듣는 시간에 고양되는 감성이 바로 행복이라고 말해주고 싶다. 예쁜 꽃이 피어나는 화분을 가꾸며 꽃 색깔과 꽃내음에 황홀해하는 순간이 바로 행복이라고 알려주고 싶다.

행복은 학벌이나 직업 같은 조건을 갖추면 상장처럼 따라오는 건 줄 알고 엄마는 그 조건을 갖고 싶어 긴 세월 갈망하고 또 긴 세월 절망했지만 알고 보니 행복은 자기 안의 감성이 특정한 체험과 만나 일으키는 찰나의 황홀한 순간, 바로 그런 것이었다. 그러니 음악을 들을 때나 재미나는 이야기를 읽을 때, 좋은 그림을 볼 때나 고운 꽃화분을 가꿀 때 풍부한 감성을 느끼는 삶이 행복한 삶이라고 말해주고 싶다.

이사 온 해 겨울에 베란다 화분들이 다 얼어 죽은 후 식물 사들이는 일에 시들했었다. 이 봄에는 다시 예쁜 꽃화분을 장만해서 거실에도 놓고 아들 방에도 놔줘야겠다.

"사람을 한 명 만나는 것은 세상을 하나 얻는 일"이라는 유명한 말이 있다. 내 옆에서 세상이 하나 자란다. 그 세상이 새로운 음악을 발견하는 희열을 누리고 자기 공간을 초록색 식물로 꾸미는 재미를 발견하는 것을 본다. 내 곁에서 자라며 스스로 행복한 시간을 만들어가는 법을 배우고 있는 그 세상에 빨대를 꽂고 나의 세상이 생명수를 마신다.

4

아들에게 공부하라는 잔소리를 한번도 한 적 없다는 얘기를 하면 혹시 사교육을 전혀 안 시키냐고 묻는 분들이 계신다. 그렇지 않았다. 남들 하는 만큼 나도 다 시켰다. 영어는 6년 내내 과외 선생이 집에 왔고 수학은 학원엘 보냈었다. 아이에게 공부하라는 요구를 하지 않았다는 건 글자 그대로 "공부 열심히 해야 한다. 그래야 네 앞날이 밝다"라는 식의 불안 조장 협박성 언행을 구사하지 않았다는 뜻이지 사교육 환경을 지원하지 않았다는 얘기가 아니다. 아들은 미술 전공 희망이었지만 학과 공부 사교육도 꾸준히 시켰다.

아이가 그림 그리는 걸 좋아하고 그림 그리기에 가장 자신 있어 한다는 건 초등학교 때부터 알고 있었다. 우리 때랑 달라서 요즘은 미대를 가려 해도 학교 성적이 어느 정도 괜찮아야 한다고 들어서이기도 했지만 가장 큰 이유는 사교육을 동반하면 어쩌면 학교 수업에 흥미를 잃지 않고 엎드려 자지도 않을 것 같아서였다. 사교육 덕분에 성적이 오른다면 좋겠지만 성적 오르는 게 어디 쉬운가. 그리고 사교육은 우리 애만 받나. 아무나 다 받는 게 사교육인 세상이다. 바라건대 학생의 삶에서 가장 큰 비중을 차지하는 시간인 학교 수업 시간이 지루하지 않을 정도의 도움만 됐으면 좋겠다는 게 사교육을 시킨 이유였다.

그림 그리고 싶어하는 아이인데 영어, 수학 사교육을 시킬 필요가 있을까 의문스럽기는 했다. 요즘은 한 가지만 잘하면 대학갈 수 있게 입시 시스템도 변한 세상인데 공연한 스트레스만 주는 게 아닐까 하고 고민스럽기는 했다. 그래도 계속 사교육을 시켰던 결정적인 이유는 아들이 학원엘 안 가겠다거나 영어 과외 안 하겠다는 말을 안 했기 때문이었다. 애가 싫다고 했으면 바로 그만뒀겠지만 그만두겠다는 말을 안 하는데 안 보낼 배짱은 없었다.

그렇다. 사교육을 안 시키려면 부모가 뚝심이 있어야 한다. 우리 애는 어차피 미술 전공할 애니까 수학 학원 같은 건 시간 낭비

일 뿐이야—라는 확실한 뚝심이 있으면 안 보냈을 텐데 그럴 자신은 없었다. 수능 수학 문제 중에 가장 쉬운 거 몇 문제만 맞혀도 그게 어디냐는 심정도 있었고 중학생일 때에는 미술 지망이지만 나중에 마음이 바뀔 수도 있는데 지금부터 다른 과목을 다 놓아버릴 수 없다는 계산도 있었다.

세월이 흐른 후에 돌이켜보니 뚝심 있게 학원은 안 보낼 걸 그랬다는 생각이 든다. 애니메이터가 되고 싶어했던 아이인데 수학 학원 갈 시간에 집에 와서 좋아하는 만화나 더 보는 편이 좋았을 거라는 생각이 든다. 그러나 그건 세월이 흐른 후에 알게 됐고 애가 아직 학교 다니고 있는 중에는 결단 내리기 어려웠다. 무슨 일이든 신념이 분명하다고 해도 실천에 옮기는 건 또 다른 문제다. 아이 교육이 걸린 문제는 더더욱 어렵다.

5
정치적으로
올바르게 자라다오

아들이 학교 성적은 안 좋아도 괜찮지만 정치적으로 올바른 politically correct 가치관만큼은 꼭 갖추고 자라길 바란다. 정치적으로 올바르다는 건 차별적인 언어 사용과 행동을 않는다는 뜻이다. 아들이 이다음에 자라서 어떤 사람이 되기를 바라느냐고 누가 묻는다면 나의 대답은 "사회적 약자와 소수자를 혐오하지 않고 그들의 인권 운동을 지지하는 사람"이다.

내가 어릴 적에는 약자와 소수자에 대한 차별을 막아야 한다는 사회적 개념 자체가 없었다. 일상 생활 언어에서 여성과 장애인을 비하, 혐오하는 표현이 자연스러운 말투, 농담, 습관으로 용인되던 시절이었다. 이제는 세상이 달라져서 차별은 옳지 않다는 사회적 합의에 점점 더 많은 사람들이 동의하지만 일상 언어에는 아직 잔재가 남아 있다. 중학생인 아들이 일상 언어에서 약자, 소수자에 대한 혐오 표현을 혹시 쓰지나 않나 항상 주의를 기울인다. 연필 이상하게 잡는 습관은 못 고쳐줬지만 행여 혐오 표현을 밖에서 듣고 쓴다면 습관 되기 전에 반드시 바로잡아줘야 한다고 다짐한다.

약자와 소수자에 대한 차별은 그들을 '우리와는 다른 타자'로 만드는 방식으로 이루어진다. 우리와는 다른 부류라는 차이를 강조하여 혐오와 차별을 정당화하는 사고방식이다. 내가 브라질에 살던 시절에 어떤 교포가 통신원 자격으로 한국 시사잡지에 쓴 기사에서 이런 글을 본 적 있다.

"브라질의 높은 범죄율은 인구의 절대 다수를 차지하는 빈곤층 때문이다. 브라질 빈곤층은 부자의 물건을 훔치는 걸 범죄라고 생각하지 않는다. 부자의 돈을 훔치는 건 하느님 대신 실현하는 부의 재분배라고 여기기에 죄의식이 없다"라고 쓴 글이었다.

세상에나 놀라워라. "도둑질을 범죄라고 여기지 않는 브라질 사람들"이라니! 그런 브라질 사람들은 존재하지 않는다. 브라질에 사는 한국 사람들의 머릿속에만 존재하는 허상이다. 한국 사람들끼리만 만나고 사는 교포들, 자기 영업장 직원이 아닌 브라질 사람과는 10분 이상 대화해본 적 없는 교포들이 만들어내는 신화다. 저 글을 쓴 통신원이라는 사람은 그들 사이에서 전래동화처럼 전해지는 그 신화를 믿고 있을 뿐이다. 왜 이런 신화가 만들어질까. 자기가 잘 모르는 낯선 대상에 대해서 "쟤네는 우리와는 사고방식 자체가 달라. 우리랑은 다른 존재야." 라고 하는 것이 우리와는 달리 열등한 그들이라고 도매금으로 묶어 넘기는 게 가장 마음 편한 설명이기 때문이다. 이렇게 타자화하면 그들을 무시하거나 존중하지 않아도 가책이 없기 때문이다.

문학평론가 에드워드 사이드는 『오리엔탈리즘』에서 서구의 시각에서 보는 동양은 사실상 유럽인들의 머릿속에서 조작된 것이라고 지적했다. 죄의식 없는 브라질 사람이라는 한국 교포의 시각 역시 그들의 머릿속에서 조작된 허구적 관념이다. 차별을 정당화하는 데 사용되는 허구다. 잘 모르는 대상에 대해 '우리와는 의식 구조가 다른 사람들'이라고 선을 긋는 건 위험한 일이다. 그런 선 긋기, 즉 타자화는 우리와 종류가 다르면 차별해도 되고 무시해도 되고 심지어 없애버려도 된다는 인종주의로 이어지기 때문이다.

한국 사회에서 가장 흔히 나타나는 약자의 타자화는 여성에 대한 것이다. 이라영은 『환대받을 권리, 환대할 용기』에서 "여성이기에 늘 약자인 삶을 살지는 않으며 여성이 필연적으로 약자가 될 이유도 없다. 다만 내·외부의 시선에 의해 '오직 여성으로만' 존재할 때 나는 약자가 된다. [...] 남자와 대칭을 이루는 존재인 여자로만 정체성이 읽히는 지독한 타자화, 그것이 약자가 만들어지는 방식"이라고 했다. "하여튼 여자들은 문제야", "여자들은 원래 그래", "여자는 이해하려고 들면 안 돼. 그냥 받아들여야 해" 이런 대사들이 21세기 한국 사회 티비드라마에서 흔히 나오는 여성의 타자화 발언이다.

여성을 개인으로 보지 않고 여자라는 집단으로 묶어서 파악하려는 시선이 여성혐오^{misogyny}다. 여기서 이 혐오라는 단어 때문에 알레르기 반응을 보이는 사람들이 남녀 구별 없이 많다. 미소지니에 대한 이해 부족이다. "우리가 언제 여자를 미워했다는 거야?"라는 반발인데 여기서 '혐오'는 증오한다거나, 몽둥이 들고 쫓아가 때리고 싶다는 그런 뜻이 아니다.

여자는 우리(남자)랑은 다른 어떤 특성을 공통적으로 갖고 있다고 일반화하는 경향, 구체적인 상대방의 개별적인 특성을 개인의 특성으로 보지 않고 여자라는 집단의 정체성으로 이해하려드는 사고방식, 이것이 여성혐오의 정확한 의미다. '개인'으로 규정되지 못하고 집단으로 묶여 일컬어지는 존재가 약자다. 여자, 장애인, 성 소수자, 이주 노동자를 나와는 다른 존재, 우리와는 다른 그들이라는 집단으로 묶어 일반화하지 않도록 사고를 훈련하는 일이 영어 단어나 수학 공식 외우기보다 육아에서 꼭 필요하다고 믿으며 아들을 키운다.

브라질 영화 《카란디루》(2003)는 브라질 역사상 최악의 교도소 폭동 사건을 다룬 영화다. 그중에서 수감자 중 에이즈 환자들을 치료하기 위해 파견된 한 의사에게 에이즈 보균자인 수감자가 이런 대사를 한다.

"저야 여기서 걸린 게 아니고 바깥에서 병에 걸렸고 그 덕분에 다른 수감자들한테 대우받고 있으니 불평할 게 없어요. 인격적인 대우와 존중, 그게 바로 모든 수감자들이 원하는 것 아니겠습니까."

지구 반대편 브라질의 교도소에 갇힌 가난한 사람들, 범죄를 삶의 탈출구로 삼았다가 지옥도 한가운데로 떨어진 그들은 우리와 사고방식과 의식구조 자체가 다른 이들일까. 그렇지 않다. 그들이 원하는 것은 우리가 원하는 것과 전혀 다르지 않다. 우리처럼 그들도 인격적인 대우와 존중을 바란다. 여자, 장애인, 성 소수자, 이주 노동자도 마찬가지다. 그들은 우리가 바라는 것과 똑같은 것을 원하는, 우리와 '사고방식과 의식구조가 같은' 사람들이다. 고정관념 속에서 재생산돼온 '우리와는 다른 그들'이라는 타자성에 의구심을 갖는 사람들이 늘어날 때 사회의 차별적 구조가 무너진다. 나와 내 아들은 차별적 구조를 지탱하는 쪽이 아니라 무너뜨리는 쪽에 서서 힘을 보태고 싶다.

6

준성이의
50가지 감사

아들 학교에서 어느 수업 시간에 선생님이 아이들에게 "부모님
에게 감사하는 50가지 이유"를 적어 내라고 했단다. 그 얘기를 들
었을 땐 "아유! 뭘 50개나! 한 스무 개만 쥐어짜내려도 골치가 아
플 텐데" 생각했다. 그런데 "마음을 울리게 잘 쓴 글이라고 칭찬
받았다"면서 아들이 내민 글을 보고 한동안 말을 잇지 못했다.

　아이를 키우면서 단 하나 원했던 것은 마음이 따뜻하고 선량
한 사람으로 자라는 거였다. 정치적으로 올바르고 약자를 차별
하지 않는 따뜻하고 선량한 사람.

　나는 정치적으로 올바른 건 자신 있었지만 따뜻하고 선량한
사람은 아니었다. 그런 사람이 아닌 게 늘 마음 아팠기에 아들은

그런 사람으로 자라도록 보드랍고 따뜻한 사랑을 넘치게 부어 주려고 최선을 다했다. 아이 마음이 깨지기 쉬운 유리 그릇인 양 조심스럽게 받들고서 그릇 안에 사랑과 연민이 찰랑찰랑 넘치게 해달라고 기도하는 심정으로 살았다.

소설가 박완서는 수필 『노란집』에서 어린 시절을 회상하며 "우리 식구 아무도 기억하지 못하는 할아버지의 웃음을 나는 기억하고 있다. 그건 할아버지가 나한테만 준 특별한 선물이다. 할아버지가 왜 나만 보면 웃으셨을까. 나는 그 수수께끼가 좋다. 그 무서운 할아버지도 나를 좋아했는데 누가 나를 싫어할까 싶은 이 세상에 대한 나의 친밀감과 믿음이 그 수수께끼의 해답이기 때문이다."라고 썼다.

나에게는 이 에피소드가 삶의 비밀 하나를 가르쳐주는 것 같았다. 어릴 때 가장 가까운 사람들로부터 받는 사랑은 후에 어른이 되어 인생을 사는 동안 필연적으로 마주치게 되는 세상의 차가움, 가혹함, 잔인함으로부터 받는 충격을 완화시키는 방호벽 역할을 한다고 말해주는 글이었다. 사람은 어린 시절에 부모가 주는 신뢰와 사랑이라는 우물에서 일생 동안 에너지를 길어마시며 삶을 이어간다.

자식을 키운다는 것은 그 아이가 평생 길어마실 우물을 채워주는 일이다. 준성이가 어른이 되어 살면서 사람에 대한 신뢰, 스스로에 대한 믿음, 세상에 대한 애정이라는 생명수를 끌어올릴 우물 안을 넉넉하게 채워주는 것이 엄마인 나의 역할이다. 아들이 써온 "부모님에게 감사하는 50가지 이유"를 보니 우물을 깊고 넉넉하게 만들어주고 싶었던 내 노력이 헛되지는 않은 것 같아 기쁘다.

특히 2번에 써 있는 "아침마다 현관에 나와 인사해주셔서 감사합니다"를 보니 내 마음을 알아준 것 같아 고마웠다. 박완서가 할아버지의 웃음을 기억하듯이 우리 아들이 이다음에 커서 우리 엄마는 나 학교에 보낼 때, 학교에서 돌아올 때 언제나 함박웃음으로 보내주고 맞이했다는 기억을 갖게 해주고 싶었다. 그래서 애가 등교하고 하교할 때면 내가 얼굴에 띄울 수 있는 가장 활짝 웃는 표정을 짓곤 했는데 이걸 알아줬다.

그리고 생각해보면 아들의 우물을 만들어줄 수 있었던 나의 우물은 나의 부모한테서 왔지 어디서 왔겠는가 싶다. 어린 생명을 내 품으로 맞아들여 그 생명이 세상을 살아갈 힘과 영양분이 부족하지 않도록 애정을 퍼부을 수 있었던 내 마음속 사랑은 나의 엄마 아빠가 심어준 거다. 엄마가 우리 어릴 때 화를 못 참고 자주 폭발하는 성격이었고 그것에 대한 원망이 오래갔던 게 사실이지만, 여덟 살에 나에게 온 아들에게 베풀어준 내 사랑의 원천은 엄마가 내게 준 사랑이다.

준성이는 엄마가 내게 준 크고 무한한 사랑을 내가 모르고 살아가던 때, 그 사랑에 감사는커녕 원망만 품고 오래된 상처만 들여다보고 있을 때 내게 와서 내 안에 있던 사랑을 일깨워줬다. 그 사랑이 엄마로부터 물려받아 생겼음을 알게 해줬다. 엄마가 내게 준 사랑이 나를 통해 내 아들에게 전해지고 있으니 엄마와 나와 아들 준성이 삼대는 사랑의 순환 사이클로 연결된 가족이다.

아들의 감사 편지는 50개나 짜내야 하다 보니 그렇게 됐겠지만 일상의 틈새를 샅샅이 뒤져내었다는 점도 아주 마음에 들었다. 행복은 사소한 일상 속에 있는 반짝이는 찰나들이다. 식구가 서로 마주보며 깔깔 웃는 시간, 늦은 밤 돌아온 아빠의 손에 들려 있는 빵 봉지, 맛있는 음식을 상 위에 차려놓고 둘러앉은 시간, 마중 나간 나를 보고 저 앞에서 달려오며 웃는 아들의 얼굴. 이런 순간들이 행복이다.

시인 김선우는 『물밑에 달이 열릴 때』라는 산문집에서 "산 것들의 위대한 남루"라는 표현을 썼다. 남루한 일상 속에 숨은 위대한 보석을 볼 줄 아는 사람이 되는 것. 그것이 아들을 키우며 원해 마지않았던 거였는데. 아이가 그렇게 커가는 것 같아서 대견하고 눈물겹고 감사하다.

1. 정성이 담긴 밥 해주셔서 감사합니다.

2. 아침마다 현관에 나와 인사해주셔서 감사합니다.

3. 제가 원하는 반찬을 만들어주셔서 감사합니다.

4. 언제나 저에게 관심을 가져주셔서 고맙습니다.

5. 제가 어떻게 나아가야 할지 알려주셔서 감사합니다.

6. 저에게 언제나 따뜻하게 대해주셔서 감사합니다.

7. 아침 일찍 일어나 출근해주셔서 고맙습니다.

8. 주말마다 저와 여행을 가주셔서 감사합니다.

9. 언제나 궁금한 걸 알려주셔서 감사합니다.

10. 저에게 생각할 시간을 주셔서 감사합니다.

11. 제가 힘들 때 위로해주셔서 감사합니다.

12. 강요하지 않고 제 의견을 존중해주셔서 고맙습니다.

13. 제 몸을 언제나 걱정해주셔서 감사합니다.

14. 언제나 행복하게 해주셔서 고맙습니다.

15. 저녁마다 함께 있어주어서 감사합니다.

16. 제가 사달라고 하면 최선을 다해주셔서 감사합니다.

17. 따뜻한 집에 살게 해주셔서 고맙습니다.

18. 제 건강을 챙겨주셔서 감사합니다.

19. 언제나 아픈 척하지 않고 있어주셔서 감사합니다.

20. 힘든 내색하지 않고 언제나 웃어주셔서 감사합니다.

21. 제가 잠들고 나면 한 번 더 챙겨주셔서 고맙습니다.

22. 좋은 건 저에게 나누어주어서 감사합니다.

23. 제가 진로를 고민할 때 도와주셔서 감사합니다.

24. 안 좋은 건 하지 말라고 말해주셔서 고맙습니다.

25. 잘못해도 화내지 않고 타일러주셔서 감사합니다.

26. 제가 배우고 싶은 건 언제든 하게 해주셔서 고맙습니다.

27. 서로를 위해주셔서 감사합니다.

28. 몸 건강히 낳아주셔서 감사합니다.

29. 제가 한 일을 지지해주셔서 고맙습니다.

30. 언제나 건강하게 있어주어서 감사합니다.

31. 저를 믿어주셔서 감사합니다.

32. 좋은 옷 입혀주셔서 감사합니다.

33. 부족함 없는 부모이셔서 감사합니다.

34. 저에게 과분한 부모이셔서 고맙습니다.

35. 더울 때 시원하게 추울 때 따뜻하게 해주셔서 감사합니다.

36. 두 분이 함께 즐길 줄 아셔서 감사합니다.

37. 저의 이야기를 귀기울여 들어주어서 감사합니다.

38. 저와 어색한 사이가 아니여서 감사합니다.

39. 저를 언제나 지켜주셔서 고맙습니다.

40. 기죽지 않고 살게 해주셔서 감사합니다.

41. 제 그림을 칭찬해주셔서 고맙습니다.

42. 원만하게 학교 생활하게 해주셔서 감사합니다.

43. 제가 착한 성품을 가지게 해주셔서 고맙습니다.

44. 제가 저를 관리할 수 있게 해주셔서 감사합니다.

45. 방 정리하는 방법을 알려주셔서 고맙습니다.

46. 긍정적으로 사는 법을 알려주셔서 고맙습니다.

47. 좋은 환경에서 살게 해주셔서 감사합니다.

48. 영어 공부에 좋은 방법을 알려주셔서 감사합니다.

49. 제가 원할 때 책을 볼 수 있게 해주어서 감사합니다.

50. 좋은 책이 뭔지 알려주시고 지식을 많이 얻게 해주어서 감
    사합니다.

7

미고 입시
떨어지다

아들이 미술고등학교 입시에서 떨어졌다. 열흘 전이었던 합격자 발표날 아침, "박준성 님은 합격자 명단에 없습니다"는 문구를 확인하던 순간, 빠지직! 내 멘탈에 금이 가는 소리가 들렸다.

초등학교 들어가서 연필과 공책을 손에 잡았을 때부터 그림만 그리던 아이였다. 과목을 불문하고 모든 교과서와 공책에 만화 캐릭터만 그려 놓던 아이였다. 미고 들어가서 공부니 성적이니 내신이니 하는 부담 좀 덜 안고 좋아하는 그림 실컷 그리면서 고교 시절을 보낼 수 있길 간절히 바랐더랬다.

중3 된 1학기부터 입시미술학원 다니면서 매일처럼 하루 다섯 시간에서 열 시간 넘게까지 그림 그리는 고된 "노가다"를 불평 한 마디 않고 잘 해내기에, 그래, 이게 네가 갈 길이구나, 안쓰러우면서도 기특도 했었는데…….

애 앞에서는 아무렇지도 않은 얼굴로 "괜찮아. 용기를 잃지 마. 너는 할 수 있어" 하며 교과서 같은 소리를 읊었지만 나 혼자 있을 때에는 우울과 자책과 분노의 시간차 공격에 속수무책이었다. 현실을 잊고 싶어서 낮잠을 자다 일어나 온갖 드라마 재방송을 틀어 놓고 멍하니 앉아 있다가 불현듯 푸드득 떨치고 일어나 "두고 봐라! 내 새끼 미대 보내고야 만다!" 주먹을 불끈 쥐고 피씨 앞에 앉아서, 미대 입시 이렇게 돌파하라, 우리 아이 미대 보내기 같은 자료를 닥치는 대로 긁어모았다.

대입도 아니고 고입을 갖고, 아니 설령 대입이더라도 그렇지, 이렇게까지 상심할 게 대체 뭐람. 생각해보니 아들의 입시를 계기로 내가 보고 있던 것은 언젠가 바닥까지 내려갔다 그 후에 차고 올라왔던 내 안의 깊은 구덩이 속이었다. 그 구덩이가 얼마나 깊고 어두운지 알기 때문에 혹시나 아이가 그 비슷한 증상을 앓을까봐 두려웠던 거다.

프리츠 오르트만의 소설 『곰스크로 가는 기차』의 주인공은 곰스크로 가는 것이 삶의 유일한 목표이고 희망이었지만 끝내 그곳에 가지 못하고 아쉬워만 하면서 일생을 보낸다. 주인공은 사랑하는 가족과 안정된 일자리와 편하고 좋은 이웃들이 있는 자기 앞의 생을 인정하고 행복하기보다는 이루지 못한 꿈 때문에 탄식하며 살아가는데 이것은 어찌 보면 누구나 빠지기 쉬운 함정 같은 것이다.

"곰스크, 그 멀고도 멋진 도시…… 언젠가 곰스크로 떠나리라는 것은, 내 성장기에 더 말할 것도 없이 자명한 사실이었다. 곰스크는 내 유일한 목표이자 운명이었다. 그곳에 가서야 비로소 내 삶은 새로 시작될 터였다."

꽤 오랜 세월 동안 나에게는 박사 학위와 교수 직업만이 진정한 행복이고 가고 싶은 곰스크였고 그것을 갖지 못한 지금 여기서는 고통스러울 뿐인 그런 시절이 있었다. 그 시절을 살아봤으므로 그 상실감이 마음에 뿌리는 독을 잘 안다. 아들에게 진학하지 못하고 놓친 미고가 곰스크가 될까봐 나는 그토록 슬프고 두려웠던 것 같다.

우리는 인생이 태어나는 순간 신호탄이 울린 경주라고 오해한다. 성공이라는 목표를 향해 달려가는 경주이고 누가 더 빨리 달리는가의 경쟁에서 승리하면 모든 것을 갖고 패배하면 모든 것을 잃는다고 오해한다. 입시 제도는 이러한 오해를 부추기고 강화한다. 한국 사회는 이 경주에서 부지런히 노력한 자는 합격이라는 상장을 받고 게을러서 놀기만 한 베짱이 같은 이들은 불합격이라는 벌을 받아 마땅하다는 사고방식이 지배하는 곳이다. 그런 오해에 지배받지 말아야 한다는 걸 40대 중반인 나는 알지만 열여섯 살 아들은 잘 모를 것이기에 나는 그토록 속상했던 것이다. 그게 아닌 건 맞는데 그게 아니라는 것을 아들은 아직 모를 것이고 그건 내가 몇마디 말로 알려줄 수도 없는 일이라는 무기력함이었다.

때로는 최선을 다했건만 잘 풀리지 않을 수 있고 원했던 결과를 얻지 못해 실망할 수 있다. 그것이 우리 인생이다. 학생 시절 입시는 그 안에 있을 때에는 인생의 전부인 것 같았으나 몇 년만 지나면 살아 있는 한 새로운 도전이 늘 계속 다가온다는 걸 알게 된다.

행복은 갈 수 없는 도시 곰스크에 있는 게 아니라 내 옆에 있는 사람들을 사랑하고 그들에게서 사랑받는 거였다. 옆에 있는 사람들과 같이 웃고 소소한 일상을 함께하고 순간 순간 떠오르는 느낌을 공감하며 나를 사랑하는 사람들에 둘러싸여 산다는 안정감을 누리는 것, 그것이 삶이 우리에게 허락한 행복이라는 걸 깨닫는 데 나는 너무 오래 걸렸고 오래 앓았었다.

우리 준성이가 나처럼 너무 오래 아프지 않고서 그걸 알았으면 좋겠는데. 하지만 그건 어쩌면 누구든 자기 몫의 아픔을 충분히 겪고 나서야 얻게 되는 깨달음인지도 모른다.

8

첫사랑은
왜 잊을 수 없나

요즘 방영하는 드라마《상어》에서 한이수(김남길 분)와 조해우(손예진 분)는 어린 시절에 주인집 딸과 운전기사의 아들로 만난 첫사랑이다. 조해우 집안의 과거의 비밀에 얽혀 한이수의 아버지가 살해당하고 세월이 흐른 후 나타난 아들이 복수를 시작한다는 줄거리다. 복수와 두 남녀의 지독한 사랑이 꼬이면서 전개되는 갈등이 흥미진진하다.

수많은 티비 드라마와 영화들이 지칠 줄 모르고 첫사랑의 신화를 반복하고 변주한다. 사람들이 그만큼 첫사랑 판타지를 좋아하기 때문이겠다.《상어》뿐만 아니라 많은 드라마에서 주인공들은 어렸을 때 만났던 첫사랑을 세월이 흐른 후 '운명적으로'

다시 만난다. 이런 드라마에서 첫사랑은 유일무이하게 지고지순한 사랑이며 그 무엇으로도 대체 불가능한 사랑으로 그려진다.

사랑을 한번이라도 해본 사람이라면 사랑이라는 감정에는 명백히 유통기한이 있다는 걸 잘 안다. 단 하나의 사랑 같은 것은 없으며 "사랑과 버스는 기다리면 또 온다"는 옛말이 진리라는 것도 안다. 그럼에도 아랑곳없이 첫사랑의 신화는 막강한 위력을 휘두른다. 왜 그럴까. 첫번째라는 것이 워낙 "쎈 놈"이기 때문이다.

현실의 첫사랑은 드라마처럼 열렬하지도 간절하지도 않았고, 하늘이 맺어준 단 하나의 운명이지도 않았지만, 그래도 사람들의 가슴에는 그 어설펐던 풋사랑이 단지 첫번째라는 이유로 애잔하고 아련하게 미화된 기억으로 오랫동안 살아남는다.

그 후로 훨씬 더 강렬하게 마음 빼앗겼던 연애가 있었더라도, 첫사랑과는 차원이 다른 지옥 같았던 실연의 아픔이 더 있었다 하더라도 첫사랑의 기억은 여유 있게 다른 후보자들을 따돌리고 의기양양하게 우위를 점령한다. 왜냐하면 첫 경험이니까 그렇다.

성석제의 『단 한번의 연애』에는 "우리가 인생에서 느끼는 기쁨의 구십구 퍼센트는 첫 경험에서 나와. 노래나 영화는 옛날 들었던 원곡, 원작이 좋고 도시는 고향이, 집은 자기가 태어나 자란 곳이 최고지. 어떤 이야기든 처음 들었을 때 감동이 크잖아. 과거에 대해서 인간은 늘 긍정적으로 기억하게 되어 있어. 설령 그 기억이 잘못된 것이라도. 우리의 뇌가 설탕처럼 좋아하는 게 바로 그거니까."라는 말이 나온다. 첫 경험이란 그렇게 우리의 뇌에 자리 잡고 무소불위의 영향력을 휘두르는 설탕 과자 같은 것이다.

준성이한테 여자친구가 생겼다. 컴퓨터 추첨으로 정해지는 고등학교 진학을 앞두고 본인이 원하는 학교를 적어 제출할 때였다. 남녀공학은 내신에 불리하다는 말을 주워들은 애아빠와 내가 남고로 진학하라고 권해봤는데 본인이 굳이 남녀공학을 가고 싶다고 했다. 애 앞에서 말은 안 했지만 남편과 나는 "아무래도 여친 사귀고 싶어서 그러는 거 같지? 그렇지?"라는 눈빛을 교환했더랬다. 그리고 고교 진학하고 몇 달 후, 여친이 생겼다기에 우리는 "공학에 진학한 보람이 있네, 축하한다, 아들!"이라고 말해주었다.

아들은 며칠 전 여친과 《위대한 개츠비》를 보고 와서는 "여자친구랑 보기에는 너무 야하던데!"라고 너스레를 떨었다. 애 아빠는 언제 여친 소개시켜주냐고 호들갑이다.

아들은 알까? 자기가 지금 만나고 있는 그 여학생이 평생 마음에 간직할 첫사랑의 주인공이 될 수도 있다는 것을. 그 뒤를 잇는 훨씬 진지한 연애들을 단지 첫번째라는 이유 하나로 이겨버릴 첫사랑이 될 수도 있다는 것을.

앞으로 많은 아가씨들을 만나면서 그들 때문에 웃기도 하고 울기도 하고, 차기도 하고 차이기도 하면서 커갈 준성이에게 해주고 싶은 이야기를 얼마 전에 읽었다. 프랑스 작가 알랭 드 보통의 인터뷰에서 읽은 말이다.

"나는 사랑받아야 마땅하다는 것은 그릇된 생각이다. 나를 사랑한다면 나의 모든 것을 사랑하고 나의 모든 것을 받아들여야 한다는 것은 잘못된 요구다. 유년기에 형성된 신화다. 한 사람의 전부가 아니라 그 사람의 좋은 면만이 사랑받을 수 있다. 사랑받기 위해서는 좋은 사람, 사랑스러운 사람이 되어야 한다."

가족이나 아주 절친한 친구, 애인처럼 가깝고 친밀한 관계에서 흔히 생기는 오해가 있다. 우리 사이가 아주 가까우니까 어지간한 흠은 서로 봐주고 넘어가야 한다는 오해다. 다소 무례하게 굴거나 자기 멋대로 행동해도 가족이니까 사랑하는 사이니까 괜찮다는 생각은 잘못된 오해다. 세상에는 그래도 되는 관계란 없다. 부모 자식 사이나 남편과 아내 사이라 할지라도 충돌이 생겨 감정이 격앙될 때면 "이런 말, 이런 행동을 상대가 나한테 한다면 나는 괜찮을 것인가?"라는 역지사지 필터로 언어를 걸러 줘야 한다.

기독교 윤리의 근본 원리인 황금률the golden rule이 있다. "남에게 대접을 받고자 하는대로 너희도 남을 대접하라"는 예수의 가르침인데 사랑받고 싶다면 이 황금률을 지키면 좋다. 워낙 가깝고 늘 곁에 있어 스스럼없이 허물없이 대하다 보니 소홀해지기 쉬운 사람들에게 잊지 않고 지키면 된다.

그런데 황금률에는 살짝 문제가 있다. 사람마다 받고 싶은 대접이 다를 수 있는 것이다. 이를테면 우리 부부는 밥상을 앞에 두고서 자주 다툰다. 남편이 반찬을 자기 젓가락으로 집어 내 그릇에 놓아주는 일을 해서 생기는 다툼이다. 남편으로서는 누군가 반찬을 집어서 자기 밥그릇에 놓아주는 사람이 있었으면 좋겠다는 마음으로 하는 행동이다. 황금률대로 자기가 받고 싶은 대접을 나에게 하는 거다. 문제는 상대방인 나는 이 대접이 불편하고 싫다는 데 있다. 나는 남이 자기 침 묻은 젓가락으로 음식 집어주는 게 달갑지 않다.

이럴 때 기억하면 좋을 차선책으로 은율the silver rule이 있다. 자유주의 경제학자 나심 탈레브의 『스킨 인 더 게임』에 나오는 용어로 "남들이 당신에게 하기를 바라지 않는 것을 남에게 하지 말라"는 뜻이다. 사람마다 취향과 성향이 다르고 내가 좋아하는 일은 남들도 좋아하란 법은 없으니 차라리 남에게 피해를 줄 행동을 삼가는 데 집중하라는 원칙이다.

아들아! 부디 멋진 여자들에게서 사랑받는 좋은 면을 많이 가진 남자 남자, 좋은 남자, 사랑스러운 남자가 되어다오. 사랑받는 남자가 되려면 포복절도 웃기는 농담을 잘하거나 돈을 펑펑 잘 쓰는 것도 좋겠지만 잊지 말아야 할 기본은 실버율인 것 같다. 남이 나에게 하기를 바라지 않는 프라이버시 침해는 나도 남에게 하지 말고, 내가 듣고 싶지 않은 실례의 말은 나도 상대에게 하지 않는 자세가 꼭 필요하단 걸 기억해다오.

아들 친엄마는
나와 한배 탄 동지다

미국에 사는 아들 친엄마가 아이 생일 선물을 보내왔다. 아들이 좋아하는 스타일의 손목시계와 여름 티셔츠와 겨울 자켓이 소포로 도착했다.

남편은 아들이 세 살 때 아이 친엄마와 이혼했다. 이혼 후 애 엄마가 미국으로 이민 갔고 그 후로는 아들은 친엄마를 만난 적이 없어 얼굴도 전혀 기억하지 못하는 모양이었다. 남편과 내가 아들이 여덟 살 되던 해에 재혼하고 얼마 안 되었을 때였다. 아이랑 애 엄마가 소식은 종종 전하며 사는가를 물어봤다. 남편이 이혼 후 전혀 연락 없이 살았다고 대답하기에 내가 말했다.

"그러면 안 되지. 멀쩡히 살아 있는 엄마랑 연락을 안 하고 살면 쓰나. 얼른 찾아줍시다."

그렇게 해서 '미국 엄마'가 아들 인생에 4년 만에 다시 등장했고 그 후로 지금껏 아들과 소식을 주고받으며 지낸다.

미국 엄마는 거기서 재혼해 애 키우고 직장 다니며 산다. 바쁘게 사는 처지라 자주는 못 하지만 가끔 아들에게 전화를 하고 1년에 한두 번은 이렇게 선물도 보내준다. 나에게 전화해서, 애가 학교 공부는 잘 따라하는지 친구들이랑은 잘 노는지 등, 아이에게 직접 묻기는 좀 그렇고 궁금하기는 한 사정들을 내게 물어보기도 한다. 그럴 때면 두 엄마가 이렇고 저런 아이 근황을 얘기하며 엄마라면 누구나 하게 마련인 자식 걱정을 함께 나눈다.

아들이 친엄마 얼굴을 기억하지 못한다는 사실이 내 마음에는 많이 걸렸던지라 아들 6학년 겨울방학에 미국에 데려가서 같이 만나고 오기도 했다. 그런데 이런 얘기를 주위 친구들에게 하면 나오는 반응이 거의 항상 똑같다.

"나중에 애가 친엄마 찾아가면 너 서운하지 않겠어?"

이상하다. 연락하지 않던 친엄마를 내가 찾아줬다고 분명히 말했다. 내가 찾아준 게 먼저이니 "찾아가면 서운하지 않을까?"라는 질문은 성립하지 않을 것 같은데 꼭 그렇게들 물어본다.

"그쪽에서 안 찾는데 뭐하러 네가 먼저 나서서 그래?"라고도 많이 묻는다. 그쪽에서 안 찾기에 내가 나섰다니깐.

서운하지 않겠는가라고 묻는 건 아들이 친엄마를 생각하는 만큼 나를 생각하는 마음이 줄어들지 않겠냐는 얘기일 것이다. 친엄마에게 정을 주는 만큼 나에게 주는 정은 없어질 거라는 생각이다. 나는 그렇게 생각하지 않는다. 사랑은 한 귀퉁이를 떼어내면 양이 적어지는 빵조각이 아니다. 사랑은 쓸수록 단련되고 능력이 커지는 운동 근육 같은 거라고 생각한다.

자신을 염려하고 사랑하는 엄마가 한 명 더 있다는 사실은 아들의 마음을 든든하게 지켜줄 것이라고 기대한다. 남들보다 한 명 더 있는 엄마와 정을 주고받으며 서로를 염려하고 아낀 경험은 아들이 살면서 사람들을 좋아하고 신뢰하는 능력이 커지는 데 도움이 될 거라고 믿는다.

준성이가 이다음에 크면 내 곁을 떠나 누군가에게 가긴 하겠지만 아마 친엄마한테는 아니고 자기가 좋아하는 여자한테 갈 것이다. 아들에게 애인이 생기면 아들을 빼앗기는 것 같다고 느끼는 엄마들도 있는 모양인데 나는 그런 마음이 잘 이해되지 않는다. 내 아들을 사랑하고 내 아들과 더불어 행복해지기 원하는 사람이 한 명 생기는 기쁜 일이고 감사한 일 아닌가. 내 아들이 소중한 것만큼 어느 누군가의 소중한 딸일 그 여성과 함께 내 아들이 서로 사랑하며 오순도순 재미나게 사는 모습보다 간절하게 소망하는 미래는 없다.

내 아들을 낳아준 그 사람, 아들의 친엄마는 세상에서 가장 내 아들을 귀하게 여기고 그 아이의 행복을 무엇보다 간절하게 기원하는 사람이다. 같은 것을 원하고 같은 기도를 하는 사람이므로 나와 한배를 탄 한편이고 아들이 있는 한 서로 끊어질 수 없는 동지이다. 아들 인생에서 누가 더 중요한 사람인지, 아들을 위한 마음에서 누가 더 진심인지를 놓고 대결하는 경쟁자 같은 것이 아니다.

요즘 많은 사람들이 하듯이 나도 SNS에 일상 이야기를 자주 쓴다. 엄마들이 다 그렇듯이 자식 이야기를 할 때가 많다. 아이가 좋아하는 일이 생기면 나도 덩달아 기쁘다는 글을 쓰고, 아이가 힘들어할 때에는 나도 마음이 아프다는 사연을 써 올린다. 그럴 때면 우리 아이에게 힘내라고 잘되라고 댓글 써주는 분들이 계신다. 그런 분들이 쓴 글만 봐도 기쁘고 고마워 눈물이 핑 돈다. 지나가는 한마디 말로라도 행운을 빌어주는 이들이 이렇듯 고마울진대 하물며 아들의 행복과 건강이 세상에서 영순위인 사람인 미국 엄마의 존재가 왜 서운할 일이겠는가. 어찌하여 마치 없는 것처럼 무시해야 할 일이겠는가.

어느 친구에게 이런 얘기를 했을 때 "너 천사로구나"라는 말도 들어봤다. 신이 세상의 모든 아이들을 직접 돌볼 수 없어 천사를 보낸 것이 엄마라는 이야기가 있다. 그런 의미에서라면 나는 천사가 맞을 수도 있다. 살다 보면 내 안에 온갖 구질구질한 것이 들끓는 것 같을 때가 있고 그래서 우울해질 때가 있다. 그럴 때 내 안에는 천사 비슷한 면도 있다는 생각을 하면 조금은 마음이 편안해진다.

준성이가 고1 수학여행을 제주도로 다녀왔다. 여행을 앞두고 아들은 자기 취향대로 옷을 골라 인터넷 쇼핑으로 사들였다. 이때까지 그런 일이 한 번도 없었으므로 난 신기해하며 지켜봤다. 자기가 고른 티셔츠와 바지가 택배로 도착하길래, "이렇게 또 아이가 한 단계 자라고 있구나" 하고 있었는데 그중 한 상자를 나한테 내밀며, "엄마한테 어울릴 것 같아서 하나 샀어."라는 거다. 아! 이러면 너무 감격스럽잖아. 자기 옷을 고르는 중에 엄마가 입을 만한 옷이 눈에 들어왔단 말인가. 그건 나 같은 사람은 거의 한 번도 내 엄마에게 보여본 적 없는 배려였다. 생일이나 명절에 부모님 선물, 용돈이야 챙겼지만 내가 입고 쓸 물건 쇼핑하는 김에 엄마에게도 해주고 싶어 같이 질러본 경험은 나에게는 거의 없었다.

준성이는 어려서부터 타인에 대해 배려하는 마음 씀씀이가 좋은 아이였다. 중학교 1학년 때는 같은 반에 ADHD 문제가 심한 애가 있었다. 그런데 보아하니 담임이 그 아이를 자꾸 준성이 옆에 앉히는 거다. 우리 애도 집중력 좋은 편은 아닌데 안 좋은 애들끼리 자꾸 같이 붙여놓지 말아주십사 담임 선생에게 말해야겠다고 벼르던 참이었다.

마침 친구를 만난 자리에서 그렇게 하겠노라 얘기했을 때 친구는 내게 "그러지 마라. 세상 사람 다 그래도 너는 안 그럴 줄 알았다"라고 했다. 친구의 그 말을 듣고 정신이 번쩍 들었다. 세 살에 엄마 잃고 고모 밑에서 살다가 나를 만난 내 아들 준성이. 비록 너에게 결핍이 있었지만 그로 인해 혹시라도 마음이 강팍해지지 않기를 빌었고 나아가 자신에게 결핍이 있었으므로 타인의 결핍에 대해 관대해지기를, 결핍이 있는 다른 이들을 따뜻하게 보듬어주는 사람으로 자라달라는 게 나의 기도였는데, 그걸 내가 잠깐 잊었던 거였다.

담임선생님을 만나러 갔다. 반 아이들 대부분이 그 ADHD 아이를 투명인간 취급하고 몇몇 아이들은 거칠게 대하고 몇 명 정도가 선생님 종용에 마지못해 끼워주는데 그 아이를 무시하거나 귀찮아하는 기색 없이 어울리는 애가 준성이 하나라는 얘기를 담임으로부터 들었다. 그날 집에 돌아오던 흑석동 골목길 내내 울었다. 이런 축복, 이런 은혜가 나한테 와줬다는 게 믿을 수 없이 감사해서 눈물이 멈추지 않았다.

아이가 중학교 3학년이 됐을 때였다. 이번엔 같은 반에 가정환경이 불안정해서 결석을 밥 먹듯 하는 애가 있었다. 교사들은 아이들 성향을 금방 파악한다. 학년초에 담임선생님이 준성일 불러서 "네가 그 아이한테 특별히 신경 써주고 친구가 되어주라"고 하셨단다. 졸업하던 날 담임선생님은 우리 애에게 그 부탁을 잘 들어줘서 고맙다고 개인적으로 선물을 주고 싶다면서 문화상품권을 주셨다.

아들이 수학여행을 떠나면서 보낸 문자를 다시 들여다본다. 거기에는 "걱정하지 말고. 잘 다녀올게"라고 써 있다. 내가 걱정하는 걸 아들이 알고 있고 걱정을 덜어주고 싶어하는구나. 가까운 사람이 내 마음을 알아주고 내 마음이 평안하기를 바라고 애써주는 것보다 더 좋은 게 또 있을까.

11

친권제도 개선할 때
의붓부모도 좀 생각해주길

고2 새 학기 시작하기 전에 아들과 며칠 여행을 다녀올 참이었다. 비행기표 예약하려고 준성이 여권을 꺼냈는데 다음 주로 기간 만료였다. 부랴부랴 아이더러 사진 찍어오라 하고 나는 구청 여권과 홈페이지에 들어가서 필요한 서류를 확인했다.

여권과 안내에 써 있는 대로 챙겨서 동작구청으로 막 나서려는데 기억 속의 한 장면이 경고 신호를 울렸다. 가기 전에 문의 먼저 해보는 게 좋을 거라는 신호 소리였다. 구청 여권과로 전화를 걸어 확인에 들어갔다.

"미성년 자녀는 혼자 여권 신청 가능한가요?"

"애 혼자 오면 구비서류가 복잡해요. 부모님 중 한 명이 같이 오시는 게 편합니다."

"애 아빠가 친권자고 저는 새엄마고 제가 신청할 건데요."

"그런 경우에는 위임장, 동의서, 인감증명서, 두 분 신분증 다 가져오셔야 돼요."

그럼 그렇지. 새엄마가 신청하려면 필요한 구비 서류가 많다. 준성이 초등 3학년 때 일본 여행 데려가면서 처음 여권을 만들었을 때도 그랬다. 그때는 구청에서 여권 업무를 하기 전이었다. 우리는 분당에 살고 있었고 여권을 만들려면 광화문까지 나가야 했다. 애아빠와 결혼해서 애 키우는 내가 엄마니까 내가 만들면 된다고 생각하고 서울 나들이를 갔는데 창구 직원이 신청서를 보고 애 이름을 컴에 두들겨보더니 난처한 표정을 지으며 말했다.

"친권자가 아빠네요? 혹시……"

"저는 새엄마예요."

"그럼 구비 서류가 더 필요해요. 이러쿵저러쿵……"

그래서 그날 헛걸음하고 돌아왔던 기억이 다행히 떠올라준 덕분에 이번엔 두 번 걸음 안 했다는 걸로 위안을 삼았다면 좋았겠지만 심사가 뒤틀리는 건 어쩔 수 없었다.

왜 계모, 계부는 애 여권 신청을 못 하게 하는 거지? 몰래 애 데리고 외국 나가서 내버리고 오기라도 할까봐 그러는가? 애 여권 만들어서 밀항자에게 팔아먹기라도 할까봐? 하는 생각으로 마음이 꼬여만 갔다. 내친김에 외교부 여권과로 전화를 걸었다.

"이러이러한 건 대체 왜 그러는 겁니까?"

"규정이 그렇습니다. 친권자의 배우자라도 반드시 동의를 받아야 해요."

"제가 아는 어떤 여자는 남편이 죽어서 전처 자식을 혼자 키우는데요(실제로 아는 인물이다). 그 아이 여권은 어떻게 만들죠?"

"새엄마는 못 만들죠. 친권자인 아빠가 사망하면 친권은 자동으로 친엄마한테 갑니다."

새엄마, 새아빠는 죽었다 깨어나도 아이의 친권자가 될 수 없다. 혈연 관계가 아니므로 그렇다. 의붓부모와 사는 아이들은 이미 많을 것이고 앞으로도 계속 많을 텐데 이럴 때 너무 불편하지 않게 편의를 좀 봐주는 쪽으로 제도가 개선되면 좋겠다는 생각을 해본다.

계모, 계부 편해지자고 친권제도를 재정비하자고 주장하는 건 아니다. 우리나라에서는 아동 학대를 막는 시스템이 매우 허술하고 그 중심에는 친권이 면책특권처럼 남용되고 있다는 현실이 있다. 민법상의 친권은 "부모가 자녀를 보호·양육하고 그 재산으로 관리하는 권리·의무"라고 정의된다. 부모가 친권을 행사하는 이유는 미성년인 자녀의 복리를 위해서여야 한다는 취지이다. 그러나 종종 발생하는 아동 학대 사건에서 친권은 일종의 덫으로 작용하기도 한다. 심각한 아동 학대가 발생했다 하더라도 친권을 제한할 법적 제도가 미비하다는 것이 현행 친권제도가 개선되어야 할 가장 큰 이유다.

아동 보호와 아동 학대 방지를 우선순위에 놓고 친권제도를 재검토하는 작업은 반드시 필요하다. 그 작업을 실행할 때 곁들여서 아이를 실제로 키우는 의붓부모에 관련된 절차상 제약이 풀리는 정도의 개선도 병행되었으면 좋겠다는 소박한 바람을 가져본다.

12

요즘 자녀 키우는 젊은 엄마들은 아들과 딸에게 집안일을 공평
히 시키는지도 모르겠는데 우리가 자랄 적에는 집안일 거드는
건 무조건 딸들 몫이었다. "남자가 부엌에 들어가면 뭣이 떨어진
다"는 말에 대해 하는 사람도 듣는 사람도 거부감이 없던 시절
이었다. 어릴 적 나는 장래에 애를 낳아 키울 생각이 전혀 없기는
했지만 혹시라도 아들딸을 낳아 기르는 상황이 온다면 집안일
은 공평히 나눠 시키는 엄마가 될 작정이었다. 아들 하나를 키우
는 엄마가 된 지금, 어릴 적의 다짐은 지키지 못했다. 아들 하나
밖에 없다 보니 집안일은 아예 전혀 안 시키고 산다. 세 식구라
단출하다 보니 굳이 나눠 할 만큼 일이 많지 않아서 그렇다.

한국 사회 가족 풍경 이모저모에 불만이 많았던 까칠했던 어린 시절에는 왜 남자들은 여자가 과일 껍질을 깎아서 먹기 좋게 만들어줘야만 먹는지, 그것도 마음에 안 들었다. 이다음에 나는 남편은 물론이고 아들도 안 봐줄 거야, 어릴 때는 깎아줘도 어느 정도 크고 나면 자기 입에 넣고 싶은 과일은 자기가 깎아 먹도록 가르칠 거야—라고 전의를 불태우던 적도 있었다. 불태웠던 전의가 무색하게도 지금은 과일 깎아 먹는 일로 굳이 남녀평등을 실현하려 들지 않는다. 물론 껍질 깎는 일이 귀찮기는 하다. 껍질 안 깎는 과일인 포도, 딸기, 바나나 등을 주로 사먹는 걸로 타협하고 있다.

그래도 아들이 찾으면 참외도 사고 복숭아도 산다. 과일 깎는 일 정도는 결혼한 한국 여자의 95퍼센트가 불만 없이 하는 일일 텐데 나는 뭐 어쨌다고 과일 하나 깎는 일로 이리 불만인가, 어쩌다 남편은 95퍼센트에 안 속하는 여자를 만나서 여름철에 참외 한쪽 못 얻어먹게 생겼는가, 이런 가엾은 마음이 들어 결국 깎아 내밀게 된다. 기왕 인심 쓰는 거 팍팍 쓰자 싶어서 참외 씨도 발라준다. 결혼을 지속시키는 건 서로 가엾어하는 마음이다.

과일을 깎노라면 어릴 적 엄마가 깎아주던 사과가 생각난다. 엄마가 깎아주던 맛있는 사과가 그립다는 종류의 그런 이야기가 아니다. 엄마는 매번 사과를 깎을 때마다 사과 껍질은 얇게 깎아야 한다 했고 나는 반복되는 그 소리가 싫었다는 기억이다. 엄마는 사과는 껍질 바로 아래가 가장 맛있는 살이라면서 종잇장처럼 얇게 껍질 깎는 시범을 해보이길 좋아하셨는데 나는 그걸 고분고분한 마음으로 지켜본 적이 없다.

온갖 간섭에 별의별 참견이 지겨워 죽겠는데 과일 깎는 것까지 자기 시키는 대로 하라고? 못 해! 안 해! 그런 심정이었다. 그래서 난 지금도 사과 껍질을 두껍게 깎는다. 자식이란 부모 말이라면 아무리 옳은 말도 귀를 닫고 안 듣는 그런 존재다.

과일을 깎아서 먹기 좋은 크기로 조각을 내다 보면 다른 기억 하나도 떠오른다. 나는 스물다섯 살 무렵에 치아 교정을 했고 3년 넘게 보철기를 이에 붙여 넣고 살았다. 치아 교정을 해본 사람은 알겠지만 이 뿌리가 흔들려 있는 상태라 앞니로 끊어 먹는 음식을 피하게 된다.

그 시절 어느 하루 엄마가 사과를 깎아줬다. 늘 하듯이 세로로 여섯 조각낸 사과를 보고 나는 짜증을 버럭 부렸다.

"나 이렇게 크게 잘라 놓으면 못 끊어 먹는다고 했잖아!"

엄마는 "에구 깜빡 잊었네" 하면서 다시 사과를 깍두기처럼 썰어주셨다. 이상한 일이다.

내 기억 속에서 엄마는 항상 화내고 야단치고 소리지르고 내 자존심을 후벼파는 말들만 골라서 퍼붓는 사람이었고, 나는 엄마가 무섭고 겁나고 자존심 상하는 말 듣기가 죽기보다 싫어서 찍 소리 못 하고 기는 사람이었다. 그러나 참 이상하게도 사과 조각 에피소드 속에서만은 나는 자식이라는 상전 노릇을 마음껏 하고 있었고 엄마는 상전을 모시는 부모 신세를 톡톡히 치르고 있었다. 과일을 깎아주는 시간에 내가 우리 아들에게 남녀평등 사상을 전하지 않았듯이 엄마도 그 시간에는 어린 새끼 입에 모이를 넣어주는 어미새의 마음이어서 그랬을까.

아들 데리고 세 식구가 어느 해 여름 방학에 홈쇼핑 판매 3박 4일 패키지쯤으로 갔던 동남아 어느 나라였다고 기억한다. 우리가 탄 관광 버스는 무시무시하게 차가 밀리는 시내 도심을 지나다가 어느 고가 도로 옆에서 한참을 정체해 있었다.

마침 내가 앉은 자리 창 너머로 고가 도로 아래 말할 수 없이 남루한 행색에 맨발인 남자가 쪼그려 앉은 자세로 과일을 깎고 있었다. 그 남자 앞에는 서너 살 먹어 보이는 조그만 남자아이가 역시 심하게 낡은 옷에 맨발로 앉아서 남자가 깎는 과일을 뚫어져라 쳐다보고 있었다.

짧은 시간이었지만 그 두 사람의 모습은 강렬한 인상을 남겼고 좀처럼 잊히지 않았다. 불쌍하다거나 안됐다는 감정이 아니었다. 아버지인지 할아버지인지 분간이 어려울 정도로 늙어 보이는 남자에게는 과일을 깎아 자기 입에 넣으려는 사람한테서는 풍길 수 없는 숭고함이 깃들어 있었다.

오도카니 과일을 쳐다보고 있는 아이에게서 내가 본 건, 이제 곧 저 과일 조각이 입에 들어올 것이라고 기대하는 한 치의 조바심도 없는 차분한 믿음이었다. 그 숭고함과 차분함이 어찌나 감동적이었는지 인간이 추악하지만 아름다운 존재이고 비루하지만 위대한 까닭은 과일을 깎아 자기보다 약한 자에게 내미는 저 손길 때문이 아닐까—라고 논리를 비약시켜도 왠지 허용될 것 같았다.

껍질을 깎아먹는 과일 중에서 복숭아는 사과나 참외와 달리 안에 있는 씨가 커서 처음에는 큼직큼직하게 조각을 내다가 나중에는 씨를 둘러싸고 점점 작은 조각을 내게 된다. 복숭아는 물기도 많아서 껍질을 벗기는 동안 손이 온통 과일즙에 젖는다.

손에 과일즙을 묻혀가면서 힘들게 껍질을 까는 사람은 나지만 가장 큰 조각을 내가 먹는 경우는 거의 없다. 크고 탐스러운 조각은 두 남자에게 먹이고 나는 씨에 붙어 있는 남은 살을 알뜰하게 베어내어 입에 넣는다. 아마 그건 과일 깎아주면서 투덜대

지 않는 95퍼센트와 나처럼 몹시 생색을 내는 5퍼센트를 합친
모든 과일 깎는 여자들에게서 똑같이 나타나는 모습일 거다.

13

가우디 건물을 보며
눈물 흘리다

준성이가 지금 키의 절반만 했던 초등 2학년 때 동경 디즈니랜드에 데려간 적 있다. 겨울 방학 때라 날씨가 아주 추웠을 때였다. 그래도 동경 디즈니랜드는 추위에 아랑곳없이 놀러나온 인파로 꽉꽉 들어차 북적댔고 놀이기구마다 끝이 안 보일 정도로 대기 줄이 길게 늘어서 있었다.

나는 한 손에 아이 손을 잡고 한 손에는 "디즈니랜드 즐기기. 놓치면 안 될 어트랙션 일곱 개(또는 다섯 개)"라고 쓰인 안내 팸플릿을 들고 우왕좌왕하고 있었다. 어떻게 하면 이 인파에 깔려죽지 않고 놓치면 안 될 다섯 가지인지 일곱 가지인지를 다 탈 수 있을 것인지 얼마나 조바심이 나는지 머리가 다 아파왔다. 놓치면 안 된다는 것들 중에서 하나라도 놓치는 날엔 여기까지 여행 온 게 죄다 헛일이 될 뿐 아니라 내 인생 자체에 실패 낙인이 찍히기라도 할 것처럼 마음이 다급하고 불안하고 초조했다.

그러다 문득 이게 무슨 바보짓인가 싶었다. 신나게 재미난 시간 보내려고 놀러와서는 이게 웬 스트레스란 말인가. 시간이 안 되어 못 타는 놀이기구에 미련 두지 말고 내 차례가 되는 놀이들을 맘껏 즐기다 가면 될 일이었다. 그렇게 생각을 바꾸자 초조와 불안이 사라지고 마음이 편안해졌다.

그날 이후로는 여행을 갔을 때 놓치지 말아야 할 명소를 되도록 많이 보겠다고 욕심 부리지 않게 되었다. 죽기 전에 꼭 가봐야 할 곳이라든가, 사는 동안 꼭 먹어봐야 할 별미라든가 하는 식의 선전문구에도 현혹되지 않으려 한다.

옛날 나 어릴 적에 "이번 주 주말의 영화, 안 보면 후회합니다"라는 코멘트가 트레이드마크이던 영화 평론가가 있었다. 하지만 안 보면, 그래서 놓치면 후회할 일이란 없다. 놓친 것은 나와 인연이 없는 것이고, 경험하지 않았으니 어떤 것인지 모르기에 후회할 까닭이 없다.

그래서 어쩌다 비싼 돈 들여 멀리 여행 다닐 때에도 조금이라도 더 보려고 안달복달하지 않는다는 원칙을 세워뒀다. 그렇긴

하지만 중학생이 된 아들과 둘이 다녀온 스페인 여행에서 바르셀로나 일정을 이틀 밤만 잡은 것은 못내 아쉬웠다.

바르셀로나 시티투어 버스는 그린라인과 오렌지라인 두 개가 있다. 하루는 그린라인을 타고 다음 날은 오렌지라인을 타고 돌면 바르셀로나를 어느 정도 봤다고 할 수 있으련만 우리에겐 시간이 하루와 반나절밖에 없었다. 내가 놓치고 가는 오렌지색 때문에 너무 속쓰려하지 말자고 마음을 다잡고서 초록색 노선에 포함된 스페인을 대표하는 건축가 안토니오 가우디의 건축물을 구경하며 2월 23일 하루를 보냈다.

오래전, 내가 알던 어떤 사람은 방탄소년단에 열광하는 요즘 청소년들처럼 가우디의 건축물을 몹시도 좋아했었다. 건축을 전공한 그 사람은 물결 무늬를 연상시키는 특이한 곡선 형태로 이루어진 가우디의 건물 사진을 내게 보여주면서 얼마나 아름다운가 감탄하곤 했다. 언제가 나와 함께 바르셀로나에 가서 가우디가 설계한 작품들을 직접 보고 싶다고 말하곤 했다. 그는 나의 첫번째 남편이었다.

그 시절 참 많이도 사진으로 봤던 가우디의 대표작인 카사밀라(페드레라)의 옥상에 올라가 그 유명한 모자이크 조형물 모양 굴뚝들을 하염없이 바라보았다. 끝내 이루어지지 못한 젊은 날의 약속이 마음 아프고 그 후로 흘러온 세월이 속절없어서 눈앞이 자꾸만 부옇게 흐려졌다.

첫번째 남편은 내가 박사 학위를 못 딴 처지라 한국에 돌아가기 죽어도 싫었을 때 청혼으로 나를 구원해줬던 사람이다. 7년 후에 우울증이 회복되어 이제 좀 살 만해진 내가 모국어 쓰는 편한 세상으로 돌아가겠다고 했을 때 붙잡거나 말림으로써 내 마음 힘들게 하지 않고 잘 가라고 축복하며 보내준 사람이다. 그 사람과 평생 함께하겠다는 약속을 어기고 혼자만 잘 살아보겠다고 돌아왔을 때는 눈물이 안 났는데 같이 보러 가자고 약속했던 가우디 건물을 보면서는 왜 이렇게 눈물이 흐르는지 알다가도 모를 일이었다.

다음 날은 바르셀로나를 떠나 서울로 돌아오는 날이었다. 스페인 여행의 마지막 방문은 가우디가 숨을 거두기 전까지 혼신의 열정을 쏟아 만들었던 사그라다파밀리아 성당이었다.

빛과 색채를 중요시했던 가우디가 설계한 성당에 들어서자, 형형색색의 스테인드글라스를 통해 들이친 햇빛이 삶의 환희처럼 그 안을 가득 채우고 있었다. 칠십 평생을 독신으로 살면서 오직 건축에만 몰두했다는 천재가 모든 열정과 신앙심을 기울여 필생의 역작으로 이룬 성당을 보기 위해 세계 각국에서 모여든

수많은 관광객들이 쉴 새 없이 카메라 셔터를 눌러대는 사이에서 나도 모르게 자꾸 흘러내리는 눈물을 훔쳤다.

　신이여, 우리를 긍휼히 여기소서. 우리가 지키지 못했던 약속들을, 시작은 창대했으나 끝은 미약했던 청춘의 꿈들을, 내가 살아야겠다는 이유로 등 돌리고 떠나온 시간들을 부디 용서하소서.

　그리고 우리여, 우리를 불쌍히 여기소서. 우리가 서로 딱하게 여기는 마음이 아니라면 의지할 곳 없는 이 세상, 우리는 너나없이 얻는 것보다 놓치는 것이 많은 듯해 불행하고 마음과 젊음을 걸었던 꿈을 지키지 못해 서글픈 존재들이니, 부디 서로를 향한 온정과 연민에 기대어 이 고달픈 한 세상을 견디어 살아가게 하소서.

14

유나의 거리와
일반고

드라마 《유나의 거리》에서 유나가 사는 공동주택 세입자들은 대체로 가난하고 가방끈은 짧으며 직업은 전직 조폭, 소매치기, 꽃뱀, 일용직 건설 노동자, 유흥업소 종업원 등이다. 세상 사람들이 크게 부러워할 것 같지 않은 사람들이 모여 사는 곳이다. 그러나 자세히 들여다보면 유나가 사는 공동주택은 바로 누구나 살고 싶어할 만한 이상적인 세상 모습을 하고 있다.

젊은 시절 거리의 부랑자였던 한만복과 밴댕이 사장은 어두운 과거를 딛고 어엿한 사업가가 되어 가족들과 오순도순 중산층의 삶을 산다. 초년에 좀 힘들어도 스스로의 힘으로 어려움을 극복하고 중년의 안정을 누리는 인생, 바로 우리가 원하는 삶 아닌가.

왕년의 조폭 두목이었던 도끼 영감은 후배들과 공동주택 식구들의 극진한 보살핌과 존경을 받는 자애로운 할아버지다. 친부모 계부모를 막론하고 아동학대가 난무하는 이 세상에서 한만복의 아내는 전처 소생 딸을 끔찍하게 위하고 아끼는, 바로 나 같은 새엄마다.

월급 2백만 원 받는 콜라텍 매니저 창만이는 주택 식구들에게 어려운 사정이 생길 때마다 든든한 도움과 헌신적 지원을 아끼지 않는 해결사다.

이 드라마는 우리가 큰 부자가 아니고 출세하지 않더라도 학식 높은 지식인이 아니어도 양심과 상식을 지키고 이웃에 대한 연민을 가진다면 아름답고 따뜻한 세상을 만들 수 있다고 말해 준다. 한만복 사장은 유나가 소매치기 3범이라는 사실을 알게 되자 "나는 내가 전과가 있어서 그런지 남의 과거 들먹이는 사람들이 제일 싫다"고 말하며 유나를 두둔한다. 자신의 아픔을 돌아보아 타인의 아픔에 동병상련의 연민을 느끼는 것은 세상살이에서 우리가 갖춰야 하건만 종종 잊고 사는 중요한 미덕 중 하나다.

고등학교 2학년인 아들이 얼마 전에 개학을 했고 지난주에는 학교 축제가 있었다. 1학기 때 학생회장 선거 참모로 열심히 뛴

덕택에 원했던 대로 학생회 임원이 된 준성이는 지난주에도 아침 일찍부터 밤늦게까지 학교 축제 준비를 했다.

일반고가 황폐화되었다느니 교육이 실종됐다느니 말들이 많지만 나는 우리 애가 일반고에 다니면서 성적 좋은 아이들한테 공연히 기죽지 않아서 좋고, 학교 다니면서 공부 잘하는 애들 들러리 서지 않아서 좋다. 비슷한 실력인 아이들 사이에서 중간 성적을 유지하면서 활발하게 생활하는 모습이 좋다.

일반고 교육 실종 운운하는 사람들의 얘기를 들어보면 대체로 이런 불만이다. 고등학교라면 마땅히 명문대학을 목표로 애들의 숨통을 죄고, 성적 향상시키라고 달달 볶아야 하는데 일반고에서는 죄고 볶는 그 짓을 열심히 않는다는 것이다. 나는 일반고는 명문대 입학이 아니라 서로서로 이해하고 협조하며 더불어 사는 공동체의 구성원이 되는 훈련과 자질 함양을 교육 목표로 삼아야 한다고 본다. 경쟁에서 이겨서 상위 엘리트 1퍼센트에 들어가라는 교육은 외고, 특목고에서 하면 된다. 일반고는 공동체의 평화와 조화를 위해서 시민들이 지켜야 할 인격과 윤리를 가르친다는 교육 정체성을 정립하고 일반고 아이들의 요구에 맞는 학습 시스템을 개발해야 한다고 생각한다.

경쟁에서 이긴 자가 좋은 자리를 차지하는 자본주의 시스템은 인류의 본성이 만들어낸 가장 경쟁력 있는 경제 체제다. 한국 사회처럼 소수만이 안정된 좋은 직장에 가고 다수는 불안정하고 후진 고용 상태로 살게 되는 자본주의 체제에서는 우수한 학습 능력을 타고난 학생들은 굳이 교육 정책으로 밀어주지 않아도 자기들끼리 박 터지게 겨루는 가운데 경쟁력을 높여가며 우수한 인재로 자라게끔 돼 있다. 그러니 정부의 교육 정책은 소수의 위너가 될 수 없는 다수들에게 더 집중해야 한다고 생각한다.

대부분의 부모가 자식에게 바라는 삶은 일확천금도 벼락출세도 아니고 소박하고 평범한 것이리라. 나는 우리 준성이가 일반고를 나와서 자기 실력에 맞는 대학을 가고 월급이 다소 적더라도 하고 싶은 일을 하며 빠듯하고 힘겹게라도 살림을 모으면서 가족을 만들고 《유나의 거리》에 나오는 인물들처럼 친지들과 정을 나누며 살았으면 좋겠다. 학교 수학여행에서 배가 가라앉거나 수련회에서 건물이 무너져내려 죽지 않고 군대에서 사고로 죽지 않고 살아남아서, 《유나의 거리》에 나오는 공동주택 주민들처럼 건실한 생활인이 되어 페이스북 같은 SNS에서 만난 학교 동창들과 자식새끼 사진, "먹방" 사진, 여행 사진 교환하는 소소한 행복을 누리며 살았으면 좋겠다.

15

갑질 사회가
두려운가요

어제는 집 안에 고장난 물건들을 끌고 나가 서비스센터 몇 군데
를 돌았다. 가전제품을 비롯해 주로 식구들 휴대폰 때문에 서비
스센터를 드나들다 보면 센터 직원들을 상대로 죽기살기로 고
함을 치며 성질을 부려대는 진상들이 가끔 보인다. 자신을 응대
하는 센터 직원 또래의 아들딸이 있을 법한 연령대의 사람들이
나이 어린 직원들을 험하게 몰아세우는 모습을 보면, 평소에 얼
마나 심한 불만과 분노가 쌓였기에 이런 데서 한풀이를 하는가
싶다.

어제 물건 수리를 맡겨놓고 대기실에서 기다리는 동안 들여
다본 전화기 화면에는 온통 비행기를 되돌려 사무장을 내리게

했다는 대한항공 부사장 얘기였다.

눈 흘기며 목소리만 높였어도 충분히 두려워하며 머리를 조아렸을 부하 직원을 굳이 비행기에서 쫓아내는 포악을 떨어야만 직성이 풀렸던 그 여인의 심성은, 내 생각에는, 여기 서비스센터에 와서 자신의 요구에 고분고분히 응할 수밖에 없는 서비스업 종사자들 앞에서 때를 놓칠세라 갑의 횡포를 부리느라 급급한 서민들과 본질적으로 다르지 않다. 부자건 가난뱅이건 사소한 갈등과 욕구의 불만족을 못 참고 이빨을 드러내는 허약한 영혼일 뿐이다.

나도 그렇게 허약한 영혼일 때가 왜 없었겠는가. 내 마음이 불행하고 자격지심으로 괴롭다는 핑계로 작은 일에 분노했고 남의 실수로 벌어진 사소한 불편을 못 참고 부들부들 떨곤 했다. 젊었을 때는 그 불행과 자격지심이 내가 이루지 못한 목표, 내가 얻어내지 못한 지위, 내 몫으로 돌아오지 않은 행운 때문인 줄 알았다. "나는 경쟁에서 밀려난 불행한 사람이라 마음이 밴댕이 소갈딱지다, 그러니 어쩔래?"라면서 나의 못된 심보를 정당화했다. 그런데 어느 시점에서 돌이켜보니 나를 불행하게 만들었던 건 경쟁의 결과가 아니었다. "올라가지 못한다면 지옥에 빠질 것"이라는 불안과 공포 그 자체가 날 불행하게 만들었을 뿐이었다.

아이가 경쟁에서 이겨 유리한 고지를 차지하면 그만큼 미래에 행복한 삶을 누릴 기회가 많을 것이라고 여기면서 우리는 자녀들의 수능 성적과 대학 입시에 노심초사 전전긍긍 속앓이를 하지만, 사실은 우리 모두를 불행하게 만드는 것은 바로 그런 사고방식, "이기고 올라가야 행복하리"라는 사고방식이다. 올라가면 행복하고 못 올라가면 불행하다는 고정관념에 스스로를 묶는 자승자박 안에서 다 함께 황폐해지는 중이다.

꼭 이기지 않아도 되고 남보다 높이 올라서지 않아도 상관없으며 그런 게 인생의 행복을 좌우하는 게 아니라는 사실을 지금은 안다. 그런데 이 나이에 이른 나는 알지만 아직 어린 내 아들은 아마 잘 모를 것이다. 내 아들이 행여 땅콩 부사장과 라면 상무 같은 에피소드들을 보면서 "돈 많고 힘 있으면 오만불손 횡포를 부려도 되는 더러운 세상에서 남을 이기고 올라서지 못하면 수모와 모욕을 받을 뿐"이라는 생각을 하게 될까봐 걱정스럽다.

아들에게 말을 해줄까?

엄마도 살다 보니 나보다 약한 처지에 있는 사람에게 못된 성질을 부린 적 종종 있었지만 그 순간이 지나고 나면 내 알량한 권력을 휘두르며 남루한 속내를 드러낸 것이 못내 창피해서 쥐구멍을 찾고 싶었고 오랫동안 마음이 언짢을 뿐이었다고. 또 한편으로는 엄마도 살다 보니 을의 수모를 겪은 적이 많았고 그럴 때면 서글프고 속상하기는 했어도 너와 네 아버지처럼 나를 사랑하는 사람들이 주는 위로도 소용없을 만큼 큰 위협은 아니었다고.

　살아 있는 한 막을 길 없고 겪을 수밖에 없는 시련들을 사소한 일들로 만들어버리는 회복의 능력은 네 안에 있으며 그 능력은 타인의 아픔에 대한 공감과 함께 키워진다는 얘기를 해주고 싶다. 그 치유의 힘과 회복력이 있는 한 이 풍진 세상은 희망을 잃지 않고 살 만한 곳일 테니 그리 두려워하지 말라는 이야기도 함께. 이런 생각을 꼰대 잔소리나 한바탕 연설로 전하는 게 아니라 나의 일상 속 언행을 통해 아들에게 전해줄 수 있다면 좋겠다. 그런 엄마가 되고 싶다.

16

행복은 사랑하는
사람을 통해서만 온다

2015년이 되었다. 올해 아들은 고3이 된다. 며칠 전 늦은 밤 나는 잠들기 전 언제나 그러듯 머리통을 베개에 얹고 누워 티비 리모컨을 손에 잡고 5초 간격으로 티비 채널을 돌리고 있었다.

리모컨의 채널 변경을 기계적으로 눌러대는 손가락질을 멈추는 건 뭐니 뭐니 해도 "먹방"이다. 그날 내 손을 붙들어 멈춘 건 《혀끝으로 만나는 대륙》이라는 제목의 다큐 프로그램이었다. 나 같은 시청자들이 채널을 못 돌리도록 10초에 한 번 꼴로 군침이 질질 흐를 먹음직스러운 중국 음식 화면을 내보내고 있었다.

드넓은 중국 대륙 이곳저곳을 찾아, "음식 화면, 지역 특성, 음식 화면, 거기 사는 사람 사연, 음식 화면"의 순서로 이어지던 중,

어느 대도시의 고등학교와 고3 자녀의 엄마 이야기가 나왔다. 올해로 고3 엄마가 될 차례인 나는 화면이 조금만 늘어지면 가차없이 채널을 돌릴 채비를 하고 있던 손가락을 슬그머니 리모컨에서 거둬들였다. 중국에서도 대학 입시 지옥의 부담이 장난이 아니라는 소문은 익히 들었다.

인생 단 한 번의 계층 상승 또는 안정권 진입 기회인 대학 입시를 앞두고 하루 종일 교실 책상에 앉아 비장한 표정으로 문제집을 보는 고3 학생들이 화면에 비춰지더니 고3 딸 아이의 삼시세끼 뒷바라지에 역시 모든 것을 걸고 있다는 어느 중국 아줌마가 아이 도시락을 만드는 장면이 이어졌다. 딸아이가 다니는 학교는 그 도시의 우등생들이 모이는 큰 학교라는데 학교 식당은 없는 모양이었다. 점심시간이 되면 엄마들이 도시락통 배달을 오고 아이들이 운동장에 나와 그 도시락을 받아 달게 점심밥을 먹는 풍경이 화면에 나왔다.

나야 도시락통 들고 학교 운동장에 쫓아갈 일은 없지만 아이 먹거리 수발이 가장 중요한 매일의 숙제인 만큼 화면 속 중국 모녀 사연에 감정이입이 됐다. 아이가 고3을 앞둔 겨울방학인 요즘, 나의 하루 일과는 아들 삼시세끼 조달을 중심으로 이루어지기 때문이다.

아침에 아이를 깨워 고구마와 바나나, 토스트로 구성된 아침을 먹인다. 오전 과외 공부가 끝나면 닭, 소, 돼지, 생선 중 하나를 구운 것과 쌀밥, 김치, 구운 김, 오징어 젓갈로 구성된 점심 밥상을 대령한다. 12시 반에 집을 나서, 오후 1시부터 밤 10시까지 아이가 머무는(저녁밥은 근처에서 사먹는다) 홍대 앞 미술학원에 데려다주고 온다. 그러고 보니 세 끼도 아니고 집에서는 두 끼만 해먹이고 있는데도 마치 하루 온종일 밥해서 먹이는 것 같다는 부담 속에 살고 있다. 아마 준성이 대학 입시가 끝나는 내년 이맘 때까지 이 생활 패턴이 유지될 것이다.

화면 속에서 고3 딸아이가 엄마에게 묻는다.

"엄마 때도 대학 가기가 이렇게 힘들었어요?"

엄마가 대답한다.

"시절이 달랐어. 너희한테 공부는 고생이구나. 우리한테 공부는 특권이었단다."

그리고 이어진 그 아줌마의 인터뷰 내용은 이러했다.

"딸아이의 입시 준비 기간 동안 아이와의 교감만이 나에게 전부였던 지난 10개월은 정말 행복했습니다."

그 말을 듣는데 뭐라고 해야 할까, 좀 호들갑을 섞자면, 인생의 작은 비밀 하나가 깜빡 불 밝혀지는 느낌이었다. 인생의 긴 시간

중에 자식 입시 뒷바라지가 모든 것에 앞서는 어떤 한 시기가 있다는 사실에 대해 그렇게 생각할 수도 있다는 발견이 신선했다.

그간 올해는 고3 엄마가 되어 힘들 거라고, 스트레스가 무척 심할 거라고, 지레 불평부터 늘어 놓으려 한 경향이 없지 않았다. 그런데 다른 관점으로 볼 수도 있는 일이었다. 아들과 나, 우리 둘이 단단히 손을 붙들고 함께 헤쳐나갈 한 해가 특별하고 소중한 시간이 되리라고 나도 생각하기로 했다.

올 한 해, 아들은 나에게 의식주를 온전히 의지하고 나는 아들의 입시 뒷바라지에 몰두하며 우리 모자는 인생의 험한 산 하나를 넘게 될 거다. 세상에 아이를 내보내기 전에 태중에 아이를 키우는 열 달이 우리에겐 없었지만 마치 그런 것처럼 우리는 이번에 서로에게 둘도 없이 꼭 필요한 존재로 똘똘 뭉쳐 이 시간을 건너갈 거다.

아들이 고3인 올해 1년을 보내는 동안에는 생활의 주름 사이에 있는 소소한 즐거움들을 당연하게 여기지 말고 알뜰하게 누려야겠다. 요즘 아들을 학원에 데려다주는 30여 분 동안 차 안은 "마지막 꿈 속에서 모두 잊게! 모두 잊게 해 줄 바다를 건널 거야"를 목청껏 부르거나 "널 보면 눈물이 터질까봐 신촌을 못 가 한 번을 못 가"를 애절하게 따라부르는 둘만의 노래방이 되기도 하고 "가난한 사람들은 왜 부자를 위해 투표하는지에 대해 허지웅은 이렇게 얘기했는데 엄마 생각은 어때?"라는 예기치 못한 질문에 대답을 급조하느라 허둥대는 둘만의 토론장이 되기도 한다. 올해가 지나고 아이가 대학에 가면 그 후로는 날마다 둘이서 차 안에서 같이 노래 듣고 티비 뉴스에 나왔던 이슈를 두고 얘기하는 시간은 다시 없을지도 모른다.

완전에 가까운 행복은 사랑하는 사람과의 교감을 통해서만 누릴 수 있다. 그것 말고 다른 행복은 없다고 나는 감히 단언하련다. 앞날에 뭐가 기다리고 있을지 몰라 불안하고 두려운 인생길에서 우리는 내가 아끼는 사람에게 내가 반드시 필요한 존재라는 믿음을 지팡이 삼아 한 발짝씩 내딛는다. 그 믿음이 살아갈 이유가 되고 동력이 되며 삶을 가치 있게 만든다. 그 어느 때보다 나를 필요로 하는 아들 곁에서 서로를 의지하고 아끼면서 행복하게 2015년 한 해를 살아봐야겠다.

17

성공 같은 건
의미 없어

고3인 아들은 요즘 고3에 걸맞은 전반적 우울과 피곤의 향기를 풍기며 앞당겨진 등교시간에 맞춰 일찍 집을 나서고 밤늦게 화실에서 돌아온다.

며칠 전 등교길 차 안에서 아들은 평소보다 조금 더 침울한 표정과 자조적인 말투로 말했다.

"'존만한'(이하 '잣만한'으로 표기) 재능으로 뭘 해보겠다고 설쳐서 엄마 아빠 돈만 쓰게 했네……."

미술 전공하겠다고 화실 보내달래서 부모 지갑만 털었다는 자괴감의 공격을 받는 모양이었다. 순간 마음이 찢어졌지만 애써 흔연스러운 말투로 위로를 건넸다.

"아들, 그건 우리 다 마찬가지야. 우리는 모두 잣만한 재주, 잣만한 실력 갖고 뭘 좀 해보려는 꿈을 가져봤다가 어느 시점에서 그 꿈을 내려놓고 그냥 그렇고 그런 한세상 살아가는 거야. 인구의 99.9퍼센트는 그렇게 살다 가는 거고 매우 뛰어난 재능을 타고나서 그 특별한 재능으로 먹고사는 0.01퍼센트 사람들은 이를테면 로또 당첨 맞은 행운아인 거야. 로또 당첨이 안 되었다는 이유로 슬피 울며 삶을 비관하는 사람은 없잖아. 그러니 우리도 특별히 대단한 재능을 타고나지 못했다고 너무 서러워하지 말자구."

얼마 전 영화 《위플래쉬》를 봤다. 보는 내내 마음이 언짢고 갑갑했다. 영화 속 음악 교사인 플레처 선생이 자기가 이끄는 대로 따라오지 못하는 학생들에게 가하는 모욕과 횡포가 내게는 마치 "잣만한 재능밖에 못 타고난 것들아, 너희가 세상에서 얻을 것은 굴욕과 고통뿐이다!"라고 외치는 소리처럼 들려서였다.

영화를 어떻게 받아들이느냐는 사람마다 다를 것이다. 어떤 사람들은 주인공인 젊은 드럼 연주가가 손에서 피가 흐르도록 연습을 하고 그 결과 마침내 오만한 폭군 플레처 선생의 코를 납작하게 눌러준다는 이 영화를 보고 "노오오력만이 너희를 구원하리라"는 메시지에 흡족해할지도 모른다. 피눈물 나는 노력으로 역경을 딛고 성공하는 이야기는 한국 사람들이 가장 열광하는 신화다. 보아라! 노력하는 자에게는 이렇게 영광스러운 트로피가 주어지잖니, 성공하지 못한다면 환경이나 재능이 문제가 아니라 노력이 부족하기 때문이야—라는 교훈을 자녀들에게 들려주길 좋아한다.

나는 그런 교훈이 아니라 이런 얘기를 아들에게 해주고 싶다.

아들, 대학 입시는 시작일 뿐이야. 우리의 자존감을 후려쳐 쓰러뜨리고 좌절과 실망을 주는 인생의 고비는 앞으로도 여러 번 겪어야 할 거야. 엄마는 그럴 때마다 네가 "나는 왜 이것밖에 안 되는가" 괴로워하며 스스로를 자책하지 않았으면 좋겠어. 그런 자책은 남들 보기에 번듯한 학교에 가고 남들이 부러워할 만한 직업을 가지지 못하는 스스로를 탓하는 마음인데 그런 마음을 가질 필요가 전혀 없어.

우리 나라 사람들은 직업에는 서열이 있고 높은 위치에 자리 잡은 직업을 가져야 성공이라는 강박이 심해. 그 강박이 사회 전반을 지배하다 보니 너희 같은 어린 학생들이 대학 입시를 준비하며 자책을 하고 자괴감에 시달리는데 그건 잘못된 거야. 남들 보기에 번듯하고 높은 직업을 못 가지면 루저라는 생각을 버렸으면 좋겠다. '남들이 보는 시선'이라는 것에서 네가 자유로워지길 바라.

성공 같은 건 의미 없어. 우리는 성공하려고 달려가는 게 아니고 그냥 사는 거야. 그냥 살아가다가 어느 날 반려자를 만나. 이 사람이야말로 하늘이 내린 선물인가 싶다가 때로는 전생의 원수가 따로 없구나 싶어지는, 그 두 가지 감정 사이를 평생 오가게 만들 너의 반려자를 만날 거야. 그 사람과 아이를 키우면서 나이를 먹어가다 보면 젊은 날, 자신과의 싸움에 몰두해서 보지 못했던 것들이 보이는 날들이 와. 여러 번 꾸어도 늘 기분 좋은 꿈처럼, 해마다 들어도 항상 황홀한 거짓말처럼 봄꽃이 만개하는 이 세상을 좋아하게 되는 날이 와.

그때 비로소 알게 되는 거지. 봄에 피는 꽃들이 누구에게나 감탄스러운 것처럼, 겨울을 밀어낸 자리에 쏟아지는 봄볕은 누구에게나 따뜻한 것처럼, 살면서 누리는 행복이란 타고난 재능이 잣만하거나 태산만 하거나에 상관없이 모두에게 공평하다는 걸.

그런 날이 올 거야 아들. 네 아버지와 내가 너를 키우면서 깨달았던 것처럼. 그래서 세상을 견뎌내는 힘을 얻고 있는 것처럼.

18

기억해야 할
단 한가지

오늘 수능 시험 보는 아들 도시락 반찬으로 불고기, 명란젓, 계란말이, 김치볶음을 넣고 바나나와 방울 토마토를 챙겨주었다. 불고기는 아이 고모, 그러니까 시누이가 양념해 보내준 걸 굽기만 했다. 어제 저녁 두부조림도 만들었는데 맛을 보니 아무래도 안 먹이는 게 낫겠다는 판단이 들어 빼고 말았다. 내 요리 실력은 그다지 훌륭한 편이 아니다.

　입시 과정은 앞으로도 한참이 남았지만 일단 오늘로 한 단계 마무리다. 무엇보다 대한민국 학교의 마지막 공식 일정이라는 게 무척 마음에 든다. 아들아, 너와 나 이제 대한민국 학교 빠이빠이다. 물론 대학이 남았지만 입시를 목표로 아이들 몰아치는 일을 교육이라고 포장하는 학교는 여기까지다.

　영화 《말죽거리 잔혹사》의 마지막 장면에서 권상우가 "대한민국 학교, 다 잣까라 그래!"라고 외쳤을 때 나는 영화의 완성도와 상관없이 자리에서 벌떡 일어나 손바닥이 부서져라 박수치고 싶었다. 할 수만 있었다면 "잣까라 그래!"를 목청껏 복창했을 것이다.

　《말죽거리 잔혹사》를 만든 유하 감독의 표현을 빌면 대한민국 학교는 "매 맞고 침묵하는 법과 시기와 질투를 키우는 법, 타인과 나를 끊임없이 비교하는 법과 경멸하는 자를 짐짓 존경하는 법, 그리고 그 많은 법들 앞에 내 상상력을 최대한 굴복시키는 법"을 익히는 곳이다. 사회에 나가기 전에 이른바 헬조선의 프로토타입을 체험하는 곳이다. 오늘 이 수능 시험을 끝으로 아들과 나는 그 체험을 일단락 짓는다.

　거꾸로 매달아도 국방부 시계는 간다는 말처럼 세월은 흘러 흘러 우리 아이가 이제 고등학교를 졸업한다. 허리춤에 찰랑거리는 초등 2학년짜리 아이를 아들로 맞아 지금은 옆에 서면 내가 턱을 쳐들고 올려다 봐야 할 만큼 키 큰 고등학생으로 자랐다. 그동안 학교 시스템에 무조건 순응하고 복종해야 하는 과정에서 마음고생도 더러 있었지만 아들아, 우리 "헤치고 나아가 끝내 이기리라" 정신으로 무사히 여기까지 왔으니 수능 결과 같은 것에 상관없이 이날을 기뻐하고 축하하자꾸나.

돌이켜보면 대한민국 학교는 지긋지긋하게 싫었지만 아들의 손을 잡고 그 학교를 다시 경험하는 세월은 싫지만은 않았다. 이미 지나갔으니 다행이라 여기고 두 번 다시 돌아보지 않았을, 학생 시절이라는 그 기간을 아이 덕분에 다시 경험하는 동안 한 고비 한 고비가 내가 직접 겪었을 때보다 더 기뻤고 더 슬펐고 더 울분을 느꼈고 더 보람이 컸다. 아이가 있음으로 해서 내 삶은 두 배, 세 배, 열 배, 스무 배 깊어졌고 넓어졌다.

아이를 학교에 보내는 동안 반드시 이루고 싶었던 것은 학교 성적, 시험 점수 따위와 상관없이 엄마와 아빠에겐 네가 최고의 사랑이고 유일한 보석이라는 점을 아들이 기억하게 하는 것이었다. 결코 성적을 이유로 아이를 다그치거나 야단치지 않을 것이며 공부를 기준으로 남과 비교하지 않으리라는 게 아이를 학교 보내는 동안 나의 다짐이고 결심이었다.

그리고 자부심을 갖고 단언하건대 이 세월 내내 그 결심을 지켰다. 그러니 아들, 오늘 그리고 앞날에 남은 삶의 많은 산들을 넘어갈 때 이런 걸 잊지 말기를 바란다.

어디에서 무엇을 하든 너는 우리의 최고의 사랑, 유일한 보석이고 그러므로 마땅히 존중받고 소중히 대접받아야 한다는 것을. 마찬가지로 모든 사람들은 누군가의 최고의 사랑, 유일한 보석이고 그러므로 마땅히 존중받고 소중히 대접받아야 한다는 것을.

그것만 기억하면 된다. 그 밖에 다른 것들은 아무것도, 아무것도 아니다.

3장

대학과
군대

2016년에서 / 지금까지

1

세상에서
가장 맛있었던 음식

아들을 대학 기숙사에 데려다주고 와서 맞는 첫날 아침, 생각이 많다. 처음으로 집을 떠나 다른 곳에서 생활하게 된 아들인데, 제시간에 일어나 식당 밥은 챙겨 먹었을까, 어제 짐에 넣어 간 칫솔꽂이는 아무 데나 팽개치지 않고 욕실 거울에 야무지게 붙여 놨을까, 얇은 솜 넣어 가볍고 좋아 보여 사준 이불이 간밤에 춥지는 않았을까.

이것저것 물어보고 싶지만 자꾸 카톡해서 물어보면 귀찮아할까? 그게 아니고 저도 처음 혼자 생활이라 말하고 싶은 거 많을 텐데 내가 너무 안 물어봐주는 건가? 이런저런 궁금함을 머리속에 굴리다 보니 옛날 내가 학교 다닐 때 처음으로 집 떠나서 살던 시절이 생각났다.

대학 졸업하고 브라질에 유학 갔던 스물네 살 때였다. 나이르 부인이라는 홀로 사는 70대 여주인이 욕실 딸린 방 하나를 세놓았고 그 방에서 여학생 세 명이 기거하는 하숙 생활을 했었다. 식사 때가 되면 나이르 부인과 나를 포함해서 젊은 세입자들은 부엌에서 제각기 알아서 밥을 만들어 먹었다. 부엌은 여자 네 명이 들락거리면서 식사를 만들어도 부대끼지 않을 만큼 널찍하고 여유로운 공간이었고, 도구들은 노부인의 살림답게 오래된 것들이었지만 기능에 아무 문제가 없었다. 처음에는 같이 사는 이들에게 한국 음식을 만들어 권해도 봤지만 그럴 것 없이 삼시세끼는 각자 자기 편한 시간에 자기 입맛대로 해결하는 게 제일이라는 걸 곧 알게 됐다.

하루는 학교에서 돌아왔는데 평소 간단한 끼니 준비 외에는 요리라는 것을 하는 일이 거의 없었던 나이르 아주머니가 부엌에서 뭔가를 만들고 있었다. 나에게 하나 먹어보라고 권해서 맛본 것이 아랍 음식인 샤루토였다.

샤루토는 브라질 말로 시가 담배라는 뜻이다. 살짝 데친 양배추 잎을 깔고 그 안에 소고기, 양파, 마늘, 토마토 다진 것을 쌀과 섞어 넣고 시가 담배처럼 길고 동그랗게 말아서 쪄먹는 음식이다. 다음 날 놀러올 손자들 먹일 음식을 준비하고 있다가 마침 부엌에 들어온 나에게 한 접시 담아준 거였는데 그 맛은 충격 그 자체였다. 세상에! 이렇게 맛있는 음식이 있었다니!

저녁 드라마가 끝나고 아주머니가 침실로 들어가셨고 같이 사는 여자애들도 잠들었고 밤이 깊었는데 아까 맛본 그 샤루토가 너무나 먹고 싶어서 잠을 이룰 수가 없었다. 나는 도둑고양이처럼 살금살금 부엌으로 들어가서 가스레인지 위 커다란 찜통 안에 수북이 들어 있던 샤루토를, 없어진 티가 나면 안 되니까 두 개인가 세 개만 살짝 꺼내어 먹었다.

그것이 내가 오십 평생 살면서 먹어본 가장 맛있는 음식의 추억 중 하나다. 아마 군대에서 추운 겨울에 보초 서고 들어와서 먹은 라면이 최고로 맛있었다는 등의 기억과 일맥상통하는 이야기일 것이다.

그 후 나이르 부인 집을 떠나 상파울루로 이사했고 그 나라에서 10여 년을 더 사는 동안 어쩌다 아랍 음식점에 가게 되면 샤루토를 주문해서 먹어봤지만 그날 밤 그 집 부엌에서 행여 덜그럭 소리가 날까 봐 가슴 졸이며 훔쳐먹었던 샤루토의 맛은 두 번 다시 느낄 수 없었다.

세상에서 가장 맛있었던 음식이, 벼르고 별러 찾아간 유명 맛

집이나 한 달 전쯤 예약을 해야 자리를 얻을 수 있는 고급 레스토랑이 아니라 하숙집 할머니의 오래된 부엌에서 우연히 얻어먹은 샤루토였다는 기억으로부터 나는 조그마한 위안을 얻곤 한다.

삶에서 얻는 기쁨은 열렬히 원하고 땀나게 달려서 얻은 성취에서 올 때가 분명 많을 것이나, 하숙집 할머니의 샤루토가 그랬듯이 가끔은 우연히 발길 닿는 대로 걸었던 오솔길이나 무심코 들렀던 시골 마을 같은 데서도 마주칠 수 있을 것이라는 기대를 품는다. 인생은 뜻밖의 보석 같은 일들을 등 뒤에 감추고 있다가 불쑥 내미는 선심을 베풀어준 적이 예전에 있었으니, 앞으로 남은 날에도 그럴 수 있으리라는 낙관과 위안으로 기분이 좋아진다.

어느 구름에서 비가 내릴지 모르고 어느 길모퉁이에서 내 심장을 뛰게 하는 손짓이 있을지 모른다는 기대, 예기치 못한 순간에 문득 횡재처럼 다가와 작지만 묵직한 감동을 주고 미세한 흔들림과 울렁임을 가슴에 일으킬지도 모른다는 기다림은 삶에 우연히 찾아오는 묘한 매력이다. 삭막하고 황폐한 곳인 줄만 알고 걸어가다 우연히 들춘 풀섶에서 눈물겹게 피어 있는 고운 들꽃을 만나는 일이 살다 보면 있을 거라는 소망. 그런 감미로운 긍정을 한 숟갈 마음에 풀고 밝고 편안한 마음으로 보내는 하루가 좋다.

2

오르막도 있고
내리막도 있는 인생길

진천에서 학교를 다니는 아들이 서울에 볼일이 있어 집에 온다기에 여름 운동화를 사놓았다가 내밀었다. 아들은 "어? 하얀색으로 샀네! 웬일이야? 운동화 빨기 귀찮으니까 하얀색은 사지 말라더니"라고 말했다.

내가 "잉? 엄마가 그런 말을 했다고? 흰색보다는 때 안 타는 색이 좋다고 권한 게 아니고?"라고 묻자, "그런 식으로 포장하지 마"라는 대답이 돌아왔다.

내 딴에는 머리 위에 옥쟁반 얹고 그 위에 올려놓고 키웠다고 생각했는데 저는 나름대로 마음에 안 들고 섭섭한 게 많았나 보다. 왜 안 그렇겠는가. 나도 내 엄마한테 그랬었다. 엄마가 나한테 잘 해주고 날 위해 애써준 일들을 기억 못 하는 건 아니지만 그거야 당연한 걸로 여기고 내 마음에 상처준 일들만 뼈에 아로새겨 이를 갈며 살아온 주제에 뭔 말을 하겠는가.

오늘 아침에 터미널에 데려다주면서 물어봤다.

"준성아. 별거 아닌 일로 버럭 신경질 부리는 거 말야. 엄마랑 아빠 중에 누가 더 심한 거 같아? 둘 다 거기서 거기지만 그래도 순서를 가려본다면?"

아들은 잠깐 생각하는 눈치더니 "엄마"라고 대답했다.

그래. 그렇구나. 나도 그렇게 생각한다. 역시 타인의 눈은 정확하다. 내 딴에는 아들에게 화낸 적도 없고, 남편이 잔소리로 아들을 괴롭히지 못하도록 열심히 막아내며 살았다고 기억하지만 어디까지나 내 생각일 뿐일 수 있다.

지난 주말에는 그동안 내가 타던 전기 자전거를 아들 기숙사에 가져다주고 왔다. 기숙사에 가려면 가파른 언덕길을 꽤 올라가야 해서 전기 자전거가 편할 거 같아 가져다주겠다고 한 것이었다. 그러나 말을 꺼내놓고는 바로 후회했었다. 걱정이 시작됐기 때문이었다.

남편이 예전에 한 번 전기 자전거로 속도 내고 달리다가 크게 넘어지는 바람에 팔이 부러져 고생한 적이 있다. 그래서 더욱 불안하다. 젊은 애가 기분 낸다고 속도라도 내다 다치면 어떡하나. 엄마 아빠 못지않게 술 좋아하는 녀석인데 술에 취해 앞뒤 안 가리고 자전거 타고 나섰다가 사고라도 나면?

그런 생각에 전전긍긍 불안해져서 아무래도 주지 말자고 결론 내려 했는데, 생각해보니 그건 내가 걱정하는 게 싫어서 아들이 원하는 걸 막는 처사였다. 아들의 안위가 걱정되고 아들을 위해서라고 '포장'을 하겠지만 결국은 내 맘 불편한 게 싫고 불안에 잠 못 이루는 밤을 피하려는 수작이었다.

그래서 자전거를 주고 왔다. 대학 들어간 지 한 학기도 안 되어 전공 선택 문제를 고민하느라 표정이 밝지 못하던 아들이 자전거를 받아들고 모처럼 헤벌쭉 웃고 있는 옆에서 "절대로 술 마시면 안 탄다고 약속해. 너 이거 타고 다니다 다치면 엄마 속상해 죽는다"는 하나마나한 잔소리는 기어이 하고야 말았다.

이 전기 자전거는 내가 남편과 함께 전국 자전거길을 몇 년에 걸쳐 거의 다 돌아다닐 때 탔던 사연 깊은 자전거다. 어릴 적에도 타본 적 없는 자전거를 타기 시작한 건 마흔이 훨씬 넘어서였다. 한강 자전거길 가까운 곳에 이사 가면서 그렇게 됐다. 집에서 이토록 가까운 곳에 나라에서 돈 들여 좋은 길을 만들어 놓았는데 이용을 안 한다면 뭔가 크게 손해 보는 일 같았다. 그래서 자전거를 배우기로 했다. 그렇게 타기 시작한 자전거에 살금살금 자신 감이 붙더니 몇 년 전부터는 전국 강변 곳곳에 만들어놓은 자전 거길을 날씨 좋은 주말마다 찾아다니게 됐다.

북한강, 남한강 길과 인천으로 가는 아라뱃길처럼 서울에서 가까운 곳에서 시작해서 충청권에 있는 금강, 새재, 오천 자전거 길을 접수했고 더 멀리 낙동강과 영산강 등지까지 진출했다. 야 금야금 영역을 넓혀가는 재미와 성취감에 짜릿했다. 마침내 바 다 건너 제주도까지 가서 섬을 한 바퀴 빙 도는 환상도로를 완주 하는 쾌거도 이루었다.

그렇게 봄 가을이면 전국 자전거길을 다녀보니 비슷한 길 없 이 가는 길마다 새로운 곳이었다. 자전거도 같은 자전거에 사람 도 같은 사람이니 그날이 그날 같을 법도 한데 그렇지 않았고 날 마다 새롭고 다른 모험이었다. 이래서 사람들은 틈만 나면 가는 북한산에 또 가고 늘 가는 인천 앞바다도 또 찾아가는 거라는 당 연한 사실을 처음인 듯 새롭게 깨달았다.

자전거로 달리다 보면 길마다 다른 모습이고 같은 경로를 달 리는 중간에도 길 사정이 달라진다. 길은 편안하고 유유자적 달 리기 좋은 환경이다가도 어느새 달라지곤 했다. 고운 꽃들이 길 섶에 피어 있고 그 너머로는 반짝이는 강물이 흐르는 아름다운 풍경에다 오가는 사람까지 없어 한적한 길이 오래 이어지면 참 좋을 텐데, 그러나 그런 길로만 달리는 하루는 여간해서 없다.

그런 평탄한 길이 한참 이어지다가도 불쑥 국도 옆으로 붙어 달려야 하는 일이 생긴다. 차도와 자전거길이 나뉘어져 있어도 아무래도 몹시 긴장하게 된다. 그런가 하면 제법 길고 가파른 오르막이 나타나 페달을 밟다 기진맥진 지칠 때도 있다. 콧노래가 절로 나오고 천국이 따로 있나 싶어지는 최상급 길로만 다니는 날은 거의 없다고 봐야 한다. 건드리는 일마다 술술 풀리는 운수 좋은 날은 없는 것처럼 하루 종일 달리고 또 달리고 싶은 꽃길만 이어지는 자전거데이란 좀처럼 없다.

사는 날들이 그렇듯이 자전거 도로도 대체로 평탄했다가 힘들었다가 계속해서 반복되는 길이다. 젊었을 때 나는 내가 가는 길만 모퉁이마다 장애물이 있는 최악의 코스이고 남들 가는 길은 장미빛 탄탄대로 같아서 슬프고 분한 날이 많았다. 마음이 슬프고 분할 때 술을 마시면 분노가 좀 사그러드는 것 같았다. 그래서 술을 열심히 많이 마셨다. 혹시 세상의 권위로부터 인정받는 날이면 술을 안 마셔도 될 것 같았다. 혹은 잘생기고 돈 잘 버는 남자가 나만 쳐다보며 쫓아온다면 술 안 마셔도 행복해질 거 같기도 했다. 하지만 그런 일은 일어날 리 없었고, 그러니 오로지

술만이 잠시나마 나를 괴로움에서 달래주곤 했다.

다행히도 그렇게 고통스럽던 젊은 날은 지나갔다. 남이 가는 길이 편해 보인 건 옆집 잔디밭이 더 파랗게 보이는 것과 마찬가지다. 이 세상은 누구에게나 공평하게 편한 길과 어려운 길이 뒤섞인다는 걸 이제는 안다. 하루 나들이 자전거길에서도 편한 구간과 힘든 구간이 번갈아 나오듯이 인생길에도 가파른 오르막이 있는가 하면 순탄한 내리막도 있다. 그건 모든 이들에게 마찬가지다.

나만 재수 없게 나쁜 카드를 뽑았다고 징징대던 어리석음을 털어버린 후로 내 마음은 마치 한 줌 햇살에 환호작약하는 우리집 고양이와 같아져서 작은 일에 쉽사리 행복해지고 여간해서는 어두워지지 않는다. 살면서 가장 밝은 날들인 지금이 부디 너무 빨리 지나가지 말았으면 좋겠다. 자전거에 올라 뼛속까지 환해질 듯한 햇살에 얼굴을 내밀고 얼음물보다 시원한 바람을 가르며 좀 더 달려보고 싶어진다.

나에게 이토록 즐거운 시간, 의미 깊은 순간을 많이 가져다준 자전거는 이제 아들이 타고 달릴 것이다. 예고 없이 나타날 편한 길, 어려운 길, 오르막길, 내리막길을 자전거로 달릴 것이다. 그 길을 달리다 행여 넘어져 다칠까 노심초사하는 걱정은 나의 몫이다. 그 걱정은 부모 된 기쁨을 누린 자가 마땅히 치러야 할 몫이다. 오월의 장미보다 고운 분홍빛 네 뺨에 얼굴을 맞대고 오월의 라일락보다 달콤한 네 숨결을 느끼며 행복해했던 대가로 감수해야 할 나의 몫.

아들아, 너는 우리의 그런 걱정과 근심에 마음 쓰지 말고 살아라. 네 몫의 불안과 고민만으로도 충분히 힘겨운 이 세상 아니겠니. 엄마가 빨기 귀찮다고 했다던 하얀 운동화 신고 오르막 언덕길을 가뿐하게 올려다주는 전기 자전거 타고 신나게 달리는 걸로 네 몫의 고달픔이 잠깐이나마 달래진다면 엄만 그 이상 바랄 게 없다.

3

세상에
공짜는 없다

대학생이 되어 면허 시험을 보러 간 아들이 마지막 단계인 주행에서 연거푸 두 번을 떨어지고 왔다. 시험 한 번 보는 데 접수비가 4만 원이다. 아들에게야 "괜찮아. 또 보면 되지. 방학이라 시간도 많은데 뭣이 걱정이냐."라고 말했지만 속으로는 "저러다가 세 번 네 번 떨어지면 돈이 얼마여?" 하고 계산기가 돌아갔다.

　내가 운전면허 시험을 보던 80년대에는 지금 같은 시내 주행 시험은 없었고 시험장 운동장 한 바퀴 돌면 됐는데 나는 그 시험을 다섯 번이나 떨어졌다. 그중 한 번은 시험 신청해 놓은 날짜를 잊어버리고 안 가서 떨어지기도 했다.

　운동장 중간에 있는 미니 언덕을 올라가 일단 멈춰 섰다가 다시 출발하는 데서 번번이 뒤로 미끌어지는 바람에 떨어지곤 했다. 요즘 같은 "오토"가 아니고 수동 기어 차였으므로 멈췄다 출발하려면 클러치를 끝까지 밟은 왼발을 살살 떼면서 오른발로 액셀을 밟아야 했다. 이때 왼발을 떼는 동시에 오른발을 밟는 미묘한 메커니즘이 서투르면 시동이 꺼졌다.

상파울루에서 12년 사는 동안 늘 수동 기어 차를 몰았었다. 그 도시는 산 위에 있는 도시라 시내 곳곳에 언덕길과 비탈길이 많다. 경사진 긴 언덕길에서 교통 체증에라도 걸리는 날엔 멈췄다 섰다를 되풀이하느라 왼발 떼는 동시 오른발 밟기 신공을 하염없이 발휘해야 했다. 이게 안 돼서 시험 여섯 번 봤는데 그로부터 장족의 발전을 했구나 싶어 뿌듯하기도 했었다. 한국 돌아와서 기아 변속이 필요 없는 오토 차를 몰아보니 얼마나 수월하던지 "이건 거저먹기네, 운전도 아니네" 했다.

거저먹기 오토 운전이라고 해도 초보자에게는 물론 어려울 것이다. 아들은 스트레스깨나 받는 눈치였다. 두 번 떨어졌단 말을 듣더니 "학원에서 돈 벌려고 일부러 떨어뜨리는 거 아냐?"라며 흥분하던 남편이 생각해보니 계속 흥분만 할 게 아니라 대책을 세워야겠다 싶었는지 아이 주행 연습시키자며 앞장섰다.

세워진 지 얼마 안 되는 아파트 단지 근처 차량 통행이 한산한

곳을 찾아가서 아들을 운전석에 앉히고 아빠가 옆에, 나는 뒤에 앉았다. 잔뜩 긴장해서 실핏줄이 돋아나올 정도로 힘을 주고 핸들을 움켜잡은 아들 손을 뒷자리에서 보고 있노라니 에어컨 빵빵한 차 안인데도 진땀이 났다. 시속 30킬로미터로 엉금엉금 기어가는 차 안에서 어찌나 마음이 조마조마한지 "아이고, 인간 한 마리 사람 구실하도록 키우기가 이렇게 힘들어서야!" 탄식이 절로 나왔다.

"준성아, 어서 운전 배워서 엄마 아빠 술 마시면 네가 데리러 와라"라는 농담을 더러 했었는데, 저 녀석한테 운전대 맡기고 불안해하느니 술 마시고 아들더러 데리러 오라고 부르는 날 같은 거 안 와도 좋을 거 같았고, 늙어 꼬부랑할머니가 되도록 내가 운전하고 아들은 옆에 태우고 다니는 게 속 편하겠다는 생각마저 들었다. 물론 그런 생각만 해볼 뿐이고 아들이 운전에 능숙해질 때까지 옆에 앉아 속에서 불이 나더라도 운전대를 꾸준히 맡겨야 할 것이다.

운전을 하게 되면 자유를 얻는다. 어디든 가고 싶은 곳에 차를 몰고 가는 자유. 그러나 그 자유를 얻으려면 대가를 치러야 한다. "그러면 안 된다"라거나, "아니, 왜 그따위로 하는 거니?"와 같은 듣기 싫은 부모 잔소리를 견뎌야 한다. 그뿐만 아니라 운전보다 열 배는 더 힘든 주차의 고난과 시련이 기다리고 있다. 차 꽁무니를 움찔움찔 옮겨가며 좁은 공간에 밀어넣는 일에 익숙해지기까지 등짝에 식은땀 열 두 바가지는 흘려야 그 자유를 만끽할 날이 온다.

어쩌자고 이 세상엔 공짜로 주어지는 좋은 게 하나도 없는가. 왜 모든 건 실핏줄이 돋도록 힘 준 손으로 꽉 잡고 매달려야만 얻을 수 있는 걸까. 이거 참 야속하고 슬픈 세상 이치 아닌가. 그래도 그 모든 고개를 넘고서 마침내 그 황홀한 자유를 누리는 날이 너에게 곧 오길 바란다, 아들.

4

담배 같은 건 네 마음대로 하렴

오래전 내가 대학 다닐 때였다. 내 방에서 문을 닫고 창문을 열어 밖으로 상체를 최대한 길게 빼고 담배를 피우다가 엄마한테 현장을 딱 걸렸다. "아니, 너 담배도 피우냐? 하다 하다 별짓을 다 하는구나!" 하고 엄마가 목청 높여 야단치셨다.

평소 엄마가 우리한테 화낼 때면, 돌 또는 나무 따위의 무생물이 내는 소리를 듣는 양 무심하시던 우리 아버지가 옆에서 그 소동을 보셨다. 그날 아버지는 내가 전혀 예상치 못한 반응을 보이셨다. 엄마가 나더러 담배 당장 끊으라고 외치자 웬일로 평소처럼 못 들은 척 티비만 보는 게 아니라 그날은 본격적으로 나서서 이렇게 말씀하셨다.

"담배를 왜 끊어? 끊지 마라. 그냥 피워라. 한 번 살고 가는 인생이야. 하고 싶은 거 다 하고 가라."

우리 아버지는 담배를 안 피우신다.

나는 이 에피소드에 굉장한 자부심을 갖고 살아오면서 기회가 있을 때마다 사람들에게 자랑하곤 했다. "우리 아버지 너무 멋지지 않나요? 30년 전에 그렇게 말씀하셨다니까요! 지금 21세기 대한민국에서도 스무 살짜리 딸에게 그런 말씀하실 아버지, 많지 않을걸요!" 하면서.

작년에 아들이 고3이라 한창 수시 시험 보러 다닐 무렵이었다. 어느 날 아들이 나에게 담배를 피우기 시작했노라고 말했다. 나는 속으로 "아싸! 이날이 오기를 올 마이 라이프 기다렸지!" 외쳤다. 지금 생각해도 너무 멋있었던 30년 전 우리 아버지 말씀을 나도 똑같이 내 입에 올릴 기회가 와서 기뻤다.

"피우고 싶으면 피우렴. 다 컸는데 담배 같은 건 네 마음대로 하는 거야. 한 번 살고 가는 인생인데 하고픈 건 다 해봐야지."

라이터도 하나 장만했다면서 아들이 지포라이터를 꺼내 보여주기에 "역시 취향 훌륭해! 이쁜 걸로 잘 샀구먼" 하고 추임새도 넣어줬다.

물론 마음이 편하지는 않았다. 나도 오래 담배 피워봤지만 흡

214

연은 백해무익한 습관이다. 일단 습관이 몸에 배면 끊어내기가 여간 어려운 게 아니다. 나부터도 몇 번이나 금연을 시도했다가 번번이 좌절했다. 흡연은 아예 시작을 하지 않는 게 가장 좋다고 생각한다. 하지만 담배를 피우고 안 피우고는 본인이 결정할 개인의 영역이다. 내가 피우지 말라고 말린다 해도 본인이 피우고 싶으면 몰래 피울 것이다. 몰래 피우면 더 맛있어서 더 오래 피울 것이다.

그러고 나서 어느 날 밤이었다. 내 담배가 떨어졌길래 "아들아, 담배 있으면 한 대 줘봐라" 했더니 그사이 담배를 끊었다는 대답이 돌아왔다.

"피워보니 별로더라구. 안 피우기로 했어."

"그래? 잘했네. 그럼 라이터는 엄마 줘."

라이터도 버렸단다. 지니고 있으면 다시 피울 걸 같아서. "돈 아깝게 그걸 왜 버리니, 엄마 주면 될걸" 하고 구시렁대긴 했지만 속으로는 여간 기쁜 게 아니었다. 그로부터 얼마 후에 나도 담배를 끊었다. 아들도 끊었는데 아들 보기 부끄럽게 내가 계속 피울 수는 없지—라고 생각한 건 아니었다. 흡연은 자랑스러울 것도 없고 창피할 것도 없는 개인의 습관일 뿐이다. 담배를 피우고 안 피우는 개인 결정에 지나친 의미를 부여할 필요 없다.

담배에 지나친 사회적 의미가 부여되던 시절을 살아봤다. 지금은 많이 달라졌지만 내가 젊을 때에는 담배 피우는 여자에 대해 사회적 제약이 심했다. 내가 흡연을 시작했던 80년대에는 젊은 여자고 늙은 여자고 여자들은 공공 장소에서 거의 흡연을 하지 않았다. 제주올레 이사장 서명숙의 『흡연 여성 잔혹사』에는 80년대 민주화운동에 관련됐던 저자의 집에 형사가 들이닥쳤을 때 가장 먼저 감춘 것은 이념 서적이나 시위 관련 팸플릿이 아니라 담배나 재떨이 등 흡연의 흔적이었다고 회상하는 대목이 나온다.

담배는 오랫동안 한국 사회에서 수직적 서열을 확인하고 강화하는 소도구였다. 여자는 사회적 약자이기에 공공연히 담배를 입에 물지 못했고, 어른 앞에서 젊은이가, 윗사람 앞에서 아랫사람이, 상사 앞에서 부하가 담배 피우면 눈총 받았다. 이제는 세상이 달라졌고 그 시절이 지나갔으니 다행이다.

지금처럼 세상이 달라지기 훨씬 전인 30년 전에 아버지가 "여자가 무슨 담배냐" 같은 말씀 안 하신 것도 감사하고, 시대를 엄청 앞서가기도 하셨지, 21세기로 넘어오고도 한참이 지난 요즘에 유행하는 욜로yolo, you only live once, 한 번뿐인 인생이니 후회 없이 현재를 즐기라는 가치관을 딸에게 제시한 것도 두고두고 자랑스럽다. 내 아버지가 가족들을 대하는 일관된 생활 철학은 "나는 너희 삶에 간섭하지 않겠으니 너희도 내게 간섭하지 말아라"였다. 어릴 적 아버지는 우리 삼남매에게 "밥은 먹었니?"나 "학교 다녀왔니?"와 같은 일상적인 질문도 하는 일이 거의 없었다. 3분 이상 이어지는 대화를 자식들과 나눈 적도 없었다. 젊을 적 나는 그런 아버지에 대해서 "무슨 사람이 저렇게 자기 자식한테 아무 관심이 없을꼬, 참 희한한 케이스다"라며 거부감을 가졌다. 하지만 세월이 흘러 어느 정도 나이가 든 후로는 아버지의 그런 태도를 "타인을 있는 모습 그대로 인정하고 자식이라 하더라도 부모가 원하는 대로 바꾸려 들지 않는 존중의 자세"라고 긍정적으로 해석하기로 했다. 그리고 엄마가 된 후로는 나도 그런 자세로 아들을 대하려고 노력했고 아들에게 "네가 무엇을 하든 엄마는 너를 있는 그대로 사랑하고 너의 선택을 존중하며 응원한다"는 나의 마음이 전해지길 바랐다.

1학년인 아들은 학기 초라 동급생들과 어울려 술 마시는 자리가 꽤 있는 모양이었다. 하루는 아들이 술자리가 있어서 나가는 길에 기숙사에서 한 방을 쓰는 룸메이트에게 "너는 술 약속 없어?"라고 물었더니 자기는 교회 다녀서 술을 안 마신다고 했단다. "그러냐? 알았다" 말하고는 다녀왔는데 다음 날 룸메가 과

자를 사다주더란다. 술 안 먹는단 말을 했을 때 "술을 왜 안 마시는데? 교회 다니면 마시면 안 되는 거임?" 같은 말 없이 쿨하게 넘어간 사람은 네가 처음이라면서.

그 얘기를 들었을 때 얼마나 반가웠는지 모른다. 자기 취향을 기준 삼아 타인의 라이프스타일에 참견하지 않는 성숙함이 대견했고, 자식이더라도 간섭하지 않았던 우리 아버지 모습을 닮은 것 같아 다행스러웠다. 핏줄로 이어지지 않은 게 무슨 대수인가. 타인의 개별 영역을 존중하는 아버지의 합리적 개인주의가 나를 통해서, 내가 아들을 키워온 태도를 통해서 아들에게 이어졌으니 기쁜 일이다.

아들아, 너는 부디 할아버지와 엄마의 유구한 전통을 이어가려무나. 타인의 다른 모습을 있는 그대로 인정하고, 그들에게 관심을 갖되 간섭하거나 자기 중심적으로 판단하지 말 것이며, 너 또한 자신이 남들과 달라도 불안해하지 말고 의연하게 너만의 고유한 세계를 지키길 바란다. 다른 인생을 품는 여유와 자신의 내면을 살피는 시선을 함께 키워나가길 바란다. 물론 나는 이런 소망 역시 입 밖으로 꺼내어 말하면 "꼰대"의 훈계가 될 것이니 나 혼자 속으로만 곱씹을 뿐이다. 아들 앞에서는 입 벙긋도 하지 않을 것이다.

5

내가 아닌
내가 되려 하지 말자

영화《족구왕》의 주인공 홍만섭은 군을 제대하고 복학하자마자
밀린 학자금 대출이자 독촉에 시달리고 식당 아르바이트를 전
전하는 냉혹한 현실을 맞는다. 취업 준비와 고시 합격에 목을 맨
캠퍼스 분위기는 침울하고 기숙사 룸메이트인 선배는 만섭에게
"다 소용 없고 공무원 시험이나 준비하라"고 권한다.

하지만 군대 있을 때 "사단장배 족구대회"에서 우승을 이끈
주역이었다는 경력을 자랑하는 만섭은 주위를 에워싼 암울한
분위기에도 아랑곳없이 신념이 뚜렷하고 흔들리지 않는다.

"나는 연애하고 싶고 매일매일 족구하고 싶어요."

만섭은 군대 간 동안 없어진 교내 족구장을 다시 만들어달라

고 총장을 만나 건의하고 족구장 부활을 위한 서명운동을 펼친다. 급기야 캠퍼스의 퀸카 안나가 돈키호테 같은 그의 족구 열정에 매력을 느끼게 된다. 안나의 썸남인 전 국가대표 축구선수 강민이 만섭과 족구 대결을 벌이며 화제가 되자 이를 계기로 학교 안에 차츰 족구 열풍이 불기 시작한다.

"더럽고 땀내 나고 폼 안 나는" 족구 따위 하지 말라는 안나에게 만섭은 "남들이 싫어한다는 이유로 자기가 좋아하는 걸 숨기는 건 바보 같은 일"이라고 말한다. 보통 스무 살 때에는 "남들이 싫어한다"는 이유가 "내가 좋아한다"는 이유를 이기기 쉽지 않은데 만섭은 어떻게 그걸 알고 있을까. 남의 시선에 상관하지 말고 가슴이 뜨거워지는 일을 할 때 행복하다는 삶의 지혜를 만섭은 어떻게 그렇게 일찍 깨달았을까.

행복은 돼지저금통에 동전을 모으듯 현재의 시간을 취업 준비나 공무원 시험 공부에 차곡차곡 모았다가 어느 훗날 저금통의 배를 가르고 동전을 꺼내듯 시험 합격을 누리는 것이 아니라 지금 내 마음을 설레게 만드는 일을 하는 것이라는 삶의 비밀을 만섭이 알고 있는 이유는 어쩌면 만섭이 이미 인생을 다 살아봤기 때문이 아닐까—라고 관객이 의심하게 만드는 장면이 나온다. 영어 회화 시험으로 영어 연극을 하면서 만섭이 안나에게 사랑을 고백하는 이 장면은 영화에서 가장 가슴 뭉클한 대목인 동시에 관객들로 하여금 만섭이 정말로 미래에서 온 사람일지도 모른다고 상상하는 영화적 마술에 빠져들게 한다.

죽음을 앞둔 시간에 천사를 만나 스무 살 시절로 돌아왔다고 말하는 만섭을 보며 관객은 만일 내가 천사를 만나 스무 살로 돌아간다면 무엇을 할까 상상하고, "나는 연애하고 싶고 매일매일 족구하고 싶다"고 한 만섭을 이해하게 된다. 스무 살 시절 온통 미래에 대한 불안과 두려움에 장악당한 나머지 현재에 집중하지 못했다는 아쉬움이 있는 사람들이라면 더욱 그렇다.

스무 살의 나로 돌아간다면 하고 싶은 것 세 가지가 있다.

스무 살 시절뿐만 아니라 어쩌면 평생 동안, 하고 싶은 어떤 일을 시작하기 위해서는 그 일을 해도 될 완벽한 조건을 갖춰야 한다고 여기면서 그 완벽한 타이밍을 기다리다 세월을 보내는 건 아닐까. 완벽한 조건이 갖춰지는 완벽한 타이밍이란 영원히 오지 않을 것이니 스무 살로 돌아간다면 하고 싶은 일이 있으면 지금 바로 시작해야 한다고 결심할 테다.

내가 만일 스무 살로 돌아간다면 또 하나 나 자신에게 말해주고 싶다. 스스로를 너무 미워하지 말라고, 자신이 못났다는 생각으로 너무 괴로워하지 말라고, 그런 괴로움과 미움을 마음에 쌓

아두기에는 스무 살은 너무 찬란하고 눈부신 시간이라고 말해주고 싶다. 양창순은 『나는 까칠하게 살기로 했다』에서 "우리가 살아가면서 가장 크게 괴로워하고 갈등에 빠지는 이유 중 하나가 바로 '내가 아닌 내가 되고자 하는 욕망'에 있다"고 말한다.

사슴은 모가지가 길어서 슬픈 짐승이지만, 스무 살 때의 나는 외모가 더 예쁘지 못해서, 머리가 더 좋지 못해서, 키가 더 크지 못해서, 몸이 더 날씬하지 못해서 슬픈 짐승이었다. 내가 아닌 나, 나보다 더 나은 내가 아니라서 슬퍼지던 이유는 그 시절 얼마든지 많았다. 그 시절의 나에게 말해주고 싶다. 욕망은 영원히 목마른 갈증 같은 것이라서 사람은 각자 자신이 가진 욕망만큼 불행한 거라고. 행복의 비밀은 나에게 없는 것을 쳐다보길 멈추고 내가 가진 것의 가치를 알아보는 데 있다고.

마지막으로 스무 살로 돌아간다면 미래에 대한 고민과 염려를 절반으로 줄이고 앞날을 걱정할 에너지로 연애를 많이 해볼 것이다. 인생에서 가장 중요한 건 함께 가족을 이룰 동반자를 만나는 것이다. 나와 잘 어울리는 이성, 가장 가까운 친구가 될 이성, 서로 같이 있으면 가장 편하고 재미나는 시간을 보낼 수 있는 이성을 만나기 위한 준비이자 연습으로 사람을 여럿 만나 사귀어볼 것이다.

스무 살로 돌아가서 다시 젊은 시절을 살 수 있다면 이상의 세 가지를 꼭 하고 싶지만 영화에서처럼 내가 스무 살로 돌아가는 건 있을 수 없는 일이다. 그 대신 나에게는 스무 살 난 아들이 있다. 지금의 이 이야기들을, 세월과 나이와 주름살과 오십견을 거치고서 알게 된 이 이야기들을 아들에게 들려주고 싶다.

6

가장 큰 기쁨 주는 동시에
가장 큰 슬픔도 주다

지난주에 아들이 군대에 갔다. 아들 입대 날짜가 결정된 건 지난해 연말이었다. 그때부터 나는 아들 훈련소 데려가는 날이 어떨 것인가를 머릿속으로 자주 상상하곤 했다. 실제로 겪어보니 현실은 상상했던 것보다 훨씬 더 속상했고 훨씬 더 거지같았다.

아들 입대 날짜가 다가오는 동안 만난 친구들에게 이런 말을 하곤 했다. "내가 요즘 가장 부러운 사람들이 누군지 알아? 딸만 있는 부모야. 그다음 부러운 사람들이 있어. 아들 전역시킨 집이지." 친구들에게 말은 안 했지만 사실 부러운 그룹이 하나 더 있었다. 일찌감치 이 나라를 떠나 다른 나라에서 사는 사람들, 그래서 아들을 군대 보내지 않아도 되는 사람들이었다.

생각해보니 나도 세번째 그룹의 일원이 될 뻔했었다. 다른 나라에서 정착해서 살게 되는 줄 알았는데 결국 여기로 다시 돌아왔다. 왜 그랬냐 하면 그 다른 나라가 하필이면 브라질이었기 때문이다. 그런 나라에 사느니 헬조선일지언정 내 조국이 낫겠다 싶어서 돌아왔다. 브라질과 대한민국, 두 나라 중 어디가 더 한심하고 못난 나라인지 묻는다면 그건 "엄마가 좋아, 아빠가 좋아" 질문처럼 대답하기 어려운 문제다. 그런데 지금 이 시점에서만큼은, 적어도 아들을 군대 보내지 않는 나라라는 이유 하나 때문에 "브라질 윈!"이라고 손들어주겠다.

아이 입대 날짜를 바로 앞두고 주말을 끼워 사흘 동안 제주도 여행을 다녀왔다. 세 식구가 주말 내내 우두커니 집에 앉아 운명의 시간을 기다리며 고통스러워하는 것보다 풍광 좋은 곳에 놀러가 시간을 보내는 편이 나을 것 같았었다. 그게 별로 현명한 판단이 아니었다는 게 나중에 드러났지만 우리야 그걸 어찌 알았겠는가.

제주도에 와서 다니는 동안 아이 얼굴은 내내 어둡고 말도 없었다. 군대 갈 생각에 우울해서 그런가 보다 했다. 그래도 그렇지, 엄마 아빠 생각을 해서 조금만 웃어주지, 정말 자식은 부모 봐주는 법이 없어—라는 생각까지 했다. 애가 침울해 있었던 게 사실은 몸이 아파서였다는 걸 알게 된 건 사흘째 되는 날 아침이었다. 일어나 보니 아이 몸이 불덩이라 부랴부랴 가까운 병원에 데려갔다. 훈련소 입대가 바로 다음 날이었다.

표선에 있는 병원에서 편도염 진단을 받고 링거 주사를 맞고 돌아와 혼곤히 잠든 아이를 눕혀 놓고 남편과 나는 우리가 큰맘 먹고 지불했던 비싼 호텔방 베란다에 앉아 '오션뷰'를 바라보며 담배만 태웠다. 아무 말도 나오지 않았고 아무 말도 할 수 없었다. 서로의 얼굴을 쳐다보기도 힘들었다. 공중제비를 넘으며 팔팔한 몸으로 가도 시원치 않을 군대인데 편도가 잔뜩 부은 아이 손에 항생제 약봉투를 들려 보내야 하다니 가슴에 납덩이가 얹힌 것 같았다.

어쨌든 그날 오후부터 차츰 상태가 좋아졌고 그다음 날, 아들은 평상시와 크게 다르지 않은 모습으로 입대했다. 어쩌겠는가. 이제 믿고 의지할 것은 세상 아무리 마음 아픈 일이더라도 시간이 흘러가면 거기에 덤덤해진다는 이치. 그것뿐이다.

2019년 3월 1일이면 아들은 조국의 부르심에서 풀려나 우리 품에 돌아온다. 한 푼의 에누리도 없이 그날까지의 시간을 채워야만 하니 시간은 참 가혹한 형벌이다. 그렇기는 해도 시간이 흘러가면 가슴에 얹힌 납덩이가 하루에 1그램씩 줄어들 것이다.

5월 말 초여름의 쏟아지는 뙤약볕을 빡빡머리로 버티며 연병장에 열 지어 서 있던 아이들, 내 아들을 비롯해서 하나같이 멀쩡하게 잘생기고 하나같이 뽀얀 젖살에 어린 티가 뚝뚝 흐르던 아이들이 열 지어 서 있던 모습이 지금 같아서는 망막에 들러붙어 안 떨어질 것 같지만 시간이 흐르면 차츰 희미해질 것이니.

시간은 형벌인 동시에 위안이 되기도 할 것이다. 가장 큰 고통을 주는 존재는 언제나 동시에 가장 큰 위로가 되기도 한다는 역설. 아들이 바로 그러했다. 가장 큰 기쁨과 행복을 주는 존재이기에 가장 큰 슬픔을 주기도 하는 존재라는 역설. 언제나 느끼는 바이지만 인생은 역설투성이다.

7

겨우 열하루밖에
안 지났다니

아들이 군대 간 지 열하루가 지났다. 겨우 열하루밖에 안 지났다. 시간이 왜 이리 더디게 가는 것일까.

여자들이 아무리 싫어해도 세상 남자들은 군대 이야기, 축구 이야기, 군대에서 축구한 이야기를 계속할 것이고, 나는 요즘 아들 군대 보낸 이야기밖에 할 말이 없다. 내가 자꾸 군대 간 아들 이야기만 하며 애달파하니까 어떤 친구는 "아니 장가는 어찌 보내려고 그래?"라고 하던데 나는 지금 아들이 내 옆에 없어서 슬픈 게 아니라 '군대'에 갔기 때문에 슬픈 것이다. 자유를 빼앗기고 강제 노역을 해야 하는 군대에 갔기에 슬프고 원통하다. 군대가 아니고 자기 하고 싶은 걸 하러 멀리 떠나는 거라 내 곁에 없는 거라면 춤추며 환영했을 것이다.

내가 스무 살 남짓이던 학생 시절, 같이 모여 아무 수다나 떨때 동기 남자애들은 어떻게 하면 군대를 빠질 수 있나에 대해 자주 얘기하곤 했다. 손가락을 하나 자르면 안 간다더라, 결혼해서애를 낳으면 안 간다더라, 아니다, 애를 둘은 낳아야 안 간다더라 같은 이야기를 질리지도 않고 하고 또 했었다. 그 시절 나는 또래 남자애들이 입대를 두려워하는 심정에 대해 손톱의 때만큼의 동정심도 느낀 적 없었다.

왜냐하면 당시는 지금보다 훨씬 더 많이 남자들에게 유리한세상이었기 때문이다. 우리 여자들은 평생 제2의 성으로 살아야 하는데 너희는 그까짓 2년 남짓 군대 가는 걸로 무슨 우는 소리가 그리 심하냐, 그런 마음이었다. 그때 그랬던 나의 냉혹함, 나의 인정머리 없었음을 진심으로 뉘우치고 눈물로 반성한다.

나의 고통이 더 크고 깊으니 너희의 고통은 껌이라는 건 얼마나 틀려먹은 생각이었는가. 아아 이제야 나는 알겠으니, 모든 고통은 하늘 아래 홀로 존귀하고 고통에는 귀천이 없고 우열이 없으며 고통 위에 고통 없고 고통 아래 고통 없다. 천부인권이란 다른 말이 아니라 모든 고통은 동등하게 존중되어야 한다는 뜻이었다.

다행히도 아들의 편지가 와서 나의 고통을 많이 달래줬다. 훈련소 생활이 생각했던 것만큼 힘들지 않으며 식사는 양이 좀 적기는 하지만 먹을 만하고(아니 왜 양을 적게 주는 건가!) 실내 온도 26.7도로 에어컨도 틀어주니 더위에 고생할까봐 너무 걱정하지 말라고 아들은 편지에 적었다. 지난 주말 아침에는 전화가 와 통화도 했다.

얼마 전 영화 《겟 아웃》을 보았다. 주인공 사진작가가 여친의 엄마한테 최면이 걸려 '침잠의 세계'에 가라앉자 눈앞의 모습이 티비 화면처럼 바뀌면서 아득히 멀어지는 장면이 나온다. 지난 열흘간 나는 그와 비슷한 침잠의 세계에 가라앉은 것 같았다. 틈만 나면 들여다보고 참견하던 페이스북 세상이 갑자기 티비 화면 너머같이 아득히 멀어 보였다. 우리가 티비 화면 속 인물에게 말을 걸거나 그가 응답해주기를 기대하지 않는 것처럼, 페이스북 속 지인들에게 말 걸고 싶은 생각이 전혀 들지 않았다.

이제 그 침잠에서 서서히 빠져나오는 중인 것 같다. 눈 수술을 받고 줄곧 엎드려 있었다는 친구와 "만만디" 이삿짐 센터 때문에 속 터졌다는 친구, 건강이 안 좋아 정밀 검사를 받았다는 친구 등에게 안부를 묻고 염려를 전해야 하지 않겠나, 그게 사람의 도리이고 어른들의 놀이터인 이 SNS 수다마당에서 계속 놀고 싶으면 해야 할 기본 아닌가—라는 생각도 모락모락 피어오르는 중이다.

고통과 슬픔의 세상으로 가라앉고만 있던 시간에서 수면으로 떠오르는 시간으로 바뀌긴 했나 보다. 어찌 됐든 훈련소에서 실내 온도 26.7도로 에어컨도 틀어준다지 않는가.

8

아들을
믿자

연병장에 가족들이 다 들어오고 군악대가 도열하고 사단장님도 납시었는데 아이들 모습은 보이지 않았다. 사방이 다 트인 야외인데 어디서 오는 건가, 하늘에서 뚝 떨어지진 않을 텐데 궁금했다.

입소식 때는 부대 장병이 사회 봤었는데 수료식에는 목소리 낭랑한 프리랜서 진행자가 사회를 봤다. 그 사회자가 "이제 장병들이 입장하겠습니다" 하자 어디선가 "와아아!" 하는, 약간 과장을 보태자면 지축을 뒤흔드는 함성이 들렸다. 오! 이런 효과를 노린 거였군. 기다리는 상대가 보이지는 않으면서 소리부터 들리는 게 소름 돋는 전율을 일으키는지 처음 알았다.

각 잡힌 군복에 손에는 흰 장갑을 끼고 머리에는 검은 베레모를 쓰고 제법 절도 있게 발맞춰서 입장하는데 눈물이 울컥 솟았다. 나중에 들으니 "너희처럼 못하는 애들은 보다 보다 처음"이라는 (아마도 매번 입소한 훈련병들마다 모두 들었을) 구박을 받으며 하루 종일 연습했단다. 5주 전 같은 자리에서 티셔츠에 반바지 쪼가리 빡빡머리를 하고 도살장에 끌려가는 소떼처럼 서 있던 모습보다는 확실히 훨씬 보기 좋아졌다.

수료식이 끝나고 부모들과 외출이 허용됐다. 예약한 근처 펜션 방에 가서 나름 바리바리 싸들고 간 음식 보따리를 풀어 점심을 먹었다. 아들은 훈련 자체는 그다지 힘들지 않았다고 했다.

"이 정도는 할 만하네, 재미도 있네 싫으면 이제 그만하래. 다리도 안 아픈데 무조건 앉으래. 그늘에서 그냥 쉬래. 목도 안 마른데 물 마시래"라는 게 아들의 얘기였다. 남의 귀한 아들들 데려다가 함부로 굴리지는 않았다니 그나마 다행이었다.

몸은 안 힘든데 역시 피곤한 건 인간들이었단다.

"애들 진짜 아무 말도 안 들어. 장교 말도 안 듣고 조교 말도 안 들어. 인간들이 다 쓰레기야. 쓰레기!"

그래, 그렇다니까, 아들. 인간은 쓰레기고 인간이 많이 모인 곳이 지옥이란다.

외출 나와 밥 먹이는 동안 아이는 바깥 세상 소식을 가장 궁금해했다. 24시간 폰을 끼고 살면서 인터넷뉴스를 공기처럼 마시다가 그게 뚝 끊어진 세상에 들어갔으니 당연히 궁금해할 것이다. 나는 왜 그 생각을 못 했을까. 훈련소 인터넷카페에 매일 편지를 써보내는 동안 애가 세상 소식을 궁금해할 거란 생각은 미처 못 했었다. 편지를 매일 쓰다 보니 할 말이 달려서 드라마, 영화 얘기, 고양이 털 밀어준 얘기까지 쥐어짜내면서도 그 생각은 못 했다. "송송 커플 결혼"이라든가, "탑 대마초 흡연", "국민의당 조작 사건" 같은 뉴스 얘기를 해주는 건데!

식사를 마치고 아이를 부대에 들여보내고 돌아오는 마음은 입소식 날만큼은 아니었지만 여전히 어두웠고 아팠고 비통했다. 이틀, 사흘이 지나도 여전했다. 남들 다 보내는 군대, 내가 왜 이렇게까지 침식을 전폐하고 슬픔에 잠겨 있는가 하는 의문이 들 무렵 문득 이런 생각이 들었다.

엄마한테 가장 불만스러웠던 건 나를 믿어주지 않는다는 것이었다. 전공 선택, 유학, 결혼 같은 굵직한 일부터 사소한 여러 결정을 두고 엄마는 늘 나를 못미더워했고 불안해했고 노골적으로 불신을 드러냈다. 나는 그런 엄마가 원망스러웠다.

그런데 내가 군대 간 아들 때문에 이토록 속상하고 불안한 건 아들을 못 믿어서가 아닌가 하는 생각이 들었다. 아이가 군대라는 시련을 못 견딜까봐, 상처 많이 받을까봐, 그래서 불행할까봐, 나는 겁을 잔뜩 먹고 있는 거였다. 그 생각에 이르자 마음을 바꾸기로 했다. 아들을 믿기로 했다. 준성이가 군대에서 겪는 온갖 어려움을 통해 한세상 살면서 피하지 않고 부딪쳐 혼자 이겨내고 헤쳐나갈 힘을 키우는 거라고 믿자. 그렇게 생각하자.

9

꿈을 이루지 못한 사람도
행복한 사회

아들 준성이는 군대에 가서 불교 신자가 되었다. 지난 주말 면회 가서 만난 아들의 손목에 예쁜 염주 팔찌가 채워져 있기에 뭐냐고 물었더니 주말 종교 활동을 불교로 하기로 했고 수계도 받았다는 것이다. 팔뚝에 있는 뜸자리도 보여준다. 나야 평소 불교에 호감이 있는 터라 반가운 마음으로 "잘했네, 우리 아들. 어떻게 그렇게 됐어?" 하고 물어봤다.

훈련소에서 일요일 종교 시간에 처음에는 기독교에 갔는데 목사 설교가 "아프니까 청춘이다", "힘들어도 참고 견디면 꿈은 이루어지리" 계통이었다고 한다. 이런 교훈성 설교는 노 땡큐요 하고 그다음 주에 불교에 갔더니 스님이 "너희가 군대 있는 동안 여기 참석한다고 불교 신자가 될 거라곤 생각 안 해. 그저 이 시간이 니들 군 생활의 어려움을 조금 덜어주기 바랄 뿐이여."라고 하더란다. 얼마나 힘드니, 주말 종교 시간에라도 마음이 좀 편해보렴—이라는 얘기에 호감이 확 갔던 모양이다.

그러니까 훈련소에 온 기독교 "꼰대"와 불교 "꼰대"의 클래스 차이가 우리 아이 군대 기간 중 종교를 불교로 결정지은 것이다. 이해가 가는 설명이다. 교훈도 좋지만 종교라면 위안을 줘야 한다. 교훈은 다른 데서 얻어도 된다. 특히나 군대에 와 있는 애들 아닌가. 교훈보다는 위로가 필요한 때 아닌가.

군대에 와 있는 아이들이 아니더라도 종교의 가장 큰 존재 이유는 인간에게 위안이 필요해서라고 생각한다. 젊었을 때 칼 마르크스가 "종교는 인민의 아편이다"라는 유명한 경구를 남겼다는 말을 처음 들었을 때에는 종교가 사람들의 이성을 혼미하게 만들어 합리적 판단을 막는다는 뜻인 줄 알았다. 또는 종교가 진통제처럼 일시적인 위안을 줌으로써 현실의 고통을 극복하려는 의지를 약화시킨다는 뜻이라고 생각했다. 환갑을 9년 앞둔 지금은 저 경구를 좀 다르게 해석한다.

종교는 바로 아편이기 때문에 사람들을 구원한다고 지금은 생각한다. 끝날 기약 없이 고통만 이어지는 이 세상을 살아야 하는 인간을 불쌍히 여겨 신이 내린 진통제이자 위로가 바로 종교라고 생각한다. 무라카미 하루키도『1Q84』에서 "대부분의 인간은 아픔이 따르는 진실 따위 원치 않지. 사람들이 필요로 하는 건 자신의 존재를 조금이라도 의미 있게 느끼게 해주는 아름답고 기분 좋은 이야기야. 그러니 종교가 성립되는 거지"라고 말했다. 기분 좋게 만들어주는 진통제가 뭐가 잘못인가. 우리한테 가장 필요한 건 아픔을 달래주고, 괜찮다고 말해주고, 네 잘못이 아니니 스스로를 미워하지 말라고 위로해주는 목소리다. 그 목소리가 어느 종교에서 와도 좋고 어느 현자가 지은 책이나 영화나 드라마에서 들려와도 좋다.

언제부턴가 "아픔을 참고 시련을 딛고 너의 꿈을 이루어라" 같은 이야기보다 "아픔을 참고 시련을 딛고 꿈을 이루는 소수뿐만 아니라 그렇지 못한 다수도 행복하게 사는 사회를 만들어야 한다"는 이야기에 마음이 더 끌린다. 얼마 전 페이스북에서 어떤 명문대 교수가 "헬조선 탓하는 유약하고 철없는 젊은이들"을 통렬히 꾸짖어 화제가 됐다는 글을 읽어봤다.

"나는 호롱불 밑에서 공부하고 주 6일 근무했던 세대"라면서 "내가 왕년에 고생 끝판왕이었으니 내 앞에서 까불지 마"라는 태도가 매우 재수없었고, "응석부리고 빈정거릴 시간에 공부하고 너른 세상을 보라"라든가 "당신들이 아프다고 할 때 나는 그 유약하고 철없음에 머리끝까지 화가 난다"와 같은 자극적인 표현들을 보면, 이 사람이 지금 누굴 설득하자는 건지 아니면 모욕감을 줘서 싸우자는 건지 불분명했다.

그가 말하고자 하는 "불안과 좌절에 굴복하지 말고 마음에 품은 뜻을 펴기 위해 최선을 다하라"는 메세지 자체는 새로울 것도 없고 나무랄 데도 없다. 바로 그렇기 때문에 하나 마나 한 지당하신 말씀일 뿐이다. 꿈을 이루고 싶지 않은 젊은이도 있나. 성공하는 게 부담스러워 싫다는 사람도 있겠나. 혼자 잘 살면 남들 보기 민망하니까 최선을 다하지 않겠다는 사람이 있을 리 있나. 하완은 『하마터면 열심히 살 뻔했다』에서 더욱더 노력하라는 말만 하는 어른들에 대해서 "세상은 변했는데 그들은 세상이 어떻게 돌아가는지 읽지 못하고 과거의 가르침만을 준다. 어쩌면 그들도 마땅한 대안이 없기 때문일 것이다"라고 말한다.

명색이 부모가 되어서 자식에게 "얘들아, 대한민국이 개판이 된 것은 부모 세대인 우리 탓이니, 부모가 벌어 놓은 돈으로 적당히 같이 먹고 살자. 욜로 아니냐. 그냥 순간을 즐기며 놀아라"라고 하기는 곤란하기에 그냥 습관처럼 "최선을 다하라"는 지당하신 말씀을 계속하는 건 이제 공허하다. 한국 사회에서 젊은이들에게 희망을 가지라는 말은 "희망이라는 고문을 견뎌라"와 동의어가 되어버렸다. 그 고문을 견딘다고 해서 좋은 세상을 맞이한다는 보장도 없는데 이제 그 공허한 꿈과 희망에 대해선 그만 얘기했으면 좋겠다. 솔직하게 말해서 꿈을 이룰 수 있는 사람들은 소수에 불과하다. 나는 어릴 적 꿈이 이루어지지 않은 대부분의 사람들이 각자 자신의 행복을 추구하는 방식에 더 관심이 있다.

한국 사회라는 서열의 사다리에서 한 칸이라도 더 올라가면 '최선을 다하여 꿈을 이룬 자'가 되어 칭송받고 본받아야 할 모범으로 박수받는 건 이제 그만뒀으면 좋겠다. 경쟁의 피라미드에서 윗자리로 올라가고자 모두가 전전긍긍 노심초사하는 사회에 대해 의문을 가지는 사람들이 늘어나야 한다. 신분 상승이 아니라 "소확행"(소소하고 확실한 행복)을 찾는 젊은이들이 많아지는 최근의 추세는 바람직한 변화라고 생각한다.

10

나의 마지막
밀착 육아

아들 준성이가 영천에 자대배치 받고 난 직후인 7월 첫째 주와
둘째 주 사이에 통화한 기록을 들여다본다. 생활관 안에 공용으
로 쓰는 핸드폰이 있어서 아들이 문자를 보내면 내가 바로 전화
하고 아들이 받는다. (아들이 제대할 무렵인 2019년 2월부터 병사들
에게 휴대폰 사용이 허용되기 시작했다.)

작년에 지방에 있는 대학 기숙사에 들어가서는 일주일이고
이 주일이고 전화라는 걸 걸어오는 일 없이 가끔 돈 필요하다고
"카톡"이나 딸랑 보내오던 아들이었는데 군대 보내고 나서는
이렇게 거의 날마다 통화를 했다.

날마다 걸려오던 전화는 셋째 주부터 차츰 뜸해지고 통화와

통화 간 인터벌이 길어지더니 이제는 전화가 오지 않는 날이 더 많아졌다. 위기 상황을 벗어나 이제 일상으로 자리 잡았나 보다. 엄마를 자꾸 찾았던 것은 처음 겪는 낯선 환경에 던져져 불안한 심정이었을 때였고 이제는 적응이 된 모양이다. 다행이다.

구름이 걷히고 산봉우리가 드러나듯이 세상만사 모든 것은 지나고 나서야 실체가 무엇이었는지 보이는 법이다. "왜 몰랐을까 그대 마음을. 떠난 후에 알았네"라는 옛날 노래 가사처럼 지나가고 보니 알겠다.

훈련소에 간 아이에게 유일하게 허용된 외부 세계와의 접촉인 인터넷 편지를 매일 써 보내고, 수료식 날 쫓아가 바리바리 싸들고 간 음식을 먹이고, 자대배치 받은 후 필요한 일용품 보내달라며 불러주는 긴 목록에 이제는 사람 비슷하게 살 수 있는 모양인가 반가워서 부랴부랴 택배 상자를 꾸려 보내고, 한동안 매일 저녁 걸려오던 전화를 기다리던 그 시간은 나의 엄마 인생에 주어진 마지막 밀착 육아였다. 밀착 육아의 파이널스테이지였다.

물론 '육아'는 앞으로도 계속 되겠지만 아마도 '밀착'은 다시 없을 것이다. 아이가 대학 들어가면서 끝난 줄 알았던 밀착 육아인데 군대는, 전통시장에서 콩나물을 사면 "옛소, 덤이요" 하면서 한 움큼 더 얹어주듯 주어진 덤이었다.

제 아빠 손을 잡고 나온 일곱 살짜리 아이를 롯데월드 놀이공원 매표소 앞에서 처음 만났었지. 그날 짜장면을 먹으면서 조막만한 얼굴 절반에 짜장을 묻히던 아들과 그 모습을 공포스럽게 지켜보던 나로부터 지금까지 13년, 아이를 보살피고 돌보는 일이 나 자신에게 치유와 위로가 되어 늘 감격스러웠던 세월이었다. 이제 덤까지 알뜰하게 챙겨 받은 거다.

뉴스에서 공관병을 종처럼 부려먹은 사령관 부부 얘기를 보았다. 사령관 부부가 공관 조리병을 새벽부터 밤늦게까지 일을 시켰고 벨을 눌렀는데 늦게 왔다고 폭언을 퍼붓고 요리한 전을 병사에게 집어던졌다는 뉴스를 보면서 아들 군대 보낸 어미 마음엔 먹구름이 꾸역꾸역 몰려온다. 아들 하나를 키우는 어미인 나는 애가 군인이 되기 훨씬 전부터 군대의 인권 침해 뉴스를 몇 년째 관심 있게 들여다보았다. 그러면서 느낀 점이 있다.

일반 사회에 적용되는 사법 체계와는 다른 군대만의 사법 시스템이 있다는 게 문제이고 이로 인해 군대 내 인권 침해가 솜방망이 처벌을 받아 고질적으로 반복되게 만든다는 인상을 받았다. 군의 특수성 때문에 일반 형사 절차와 분리된 별도의 군 사법 제도가 있는 것인데 대부분의 군 형사사건은 폭행이나 교통사고라서 군 특수성과는 무관하다. 지금 대통령이 이끄는 정부는 다른 건 몰라도 인권 문제만큼은 어느 정도 실력을 발휘하리라는 기대를 안고 집권한 세력이다. 현 정부 재임 동안 군사법원을 폐지하거나 축소하는 사법 제도 개선이 꼭 이루어지기를 기대해본다.

11

비지성적이어도 좋다
건강하게만 돌아와다오

전후맥락은 생각나지 않는 어린 시절 기억 속 한 장면에서 나는 할머니와 함께 산에 갔었다. 어느 바위에 그려진 부처님 또는 산신령님 앞에서 할머니는 끊임없이 머리를 조아려 절을 하고 무슨 말인가를 쉴 새 없이 중얼거리며 빌었다.

어린 내 눈에 할머니는 매우 비지성적으로 보였다. 기껏 바윗덩어리가 무슨 힘으로 사람의 소원을 들어준다고 저러는가 생각하며 옆에서 어색하게 기다렸던 기억이 난다.

첫 휴가 나온 날 저녁밥을 먹고 나가서는 이틀 밤과 낮을 어딘가에서 놀고 들어온 아들이 오늘 오후 부대로 돌아갔다. 수서역에 아들을 데려다주는데 오늘따라 가을 하늘은 왜 이렇게 파랗고 고운가. 가을 햇볕은 왜 이리 따사롭고 향기로워서 다시 군 막사 안에 갇히러 가는 아들 뒷모습을 보는 마음을 무겁게 하는가.

세상의 부조리와 비극에 내가 무심하지 못하고 분노하고 한탄하는 건 이곳이 내가 사는 세상일 뿐만 아니라 내 아이가 살 세상이라서였다. 마찬가지로 햇빛과 바람과 하늘이 아름답기만 해도 사는 게 축복으로 느껴질 때가 있어 감사한 건 내가 사는 세상일 뿐 아니라 내 아이가 사는 세상이라서였다.

잘 가고 또 와라. 예쁜 내 애기. 나는 그 옛날 내 할머니가 그랬듯이 한껏 비지성적이 되어 세상 만물에 깃든 영험함에 빌고 천지신명에게 머리 숙여 기원한다. 부디 다치지 말고 잘 지내게 해달라고. 다음에도 건강한 모습으로 만나게 해달라고.

12   반칙과 편법과
좌절과 분노

군 복무 중인 아들이 두번째 휴가를 나왔다. 점심 먹으며 아이가 한 얘기는 같은 부대에 비슷한 시기에 입대한 어느 요령 좋은 "뺄질이"에 대한 것이었다.

그 뺄질이는 입대하자마자 "나는 6개월 안에 우울증과 부적응으로 의가사제대 얻어 나갈 테니 두고 봐라. 그 전에 휴가나 다 찾아먹어야지" 하며 큰소리쳤다고 한다. 그러더니 정말로 복무 기간 동안 쓸 수 있는 휴가 28일을 처음 석 달 동안 다 쓰더란다. 부대에서는 그 아이를 관찰 사병이 가는 그린캠프에 보냈다가 거기서도 통제 불가 판정이 내려졌는지 수경사로 전출시켰다. 거기서 심사 통과하면 정말로 제대할 거라는 얘기였다.

와! 그런 방법으로 빠져나가는 경우도 있구나. 우리 아이처럼 나라에서 하라는 복무 기간 꼬박 다 채우는 것밖엔 다른 길은 생각도 못 했던 애들이 그런 모습을 지켜보면서 얼마나 의욕 상실을 겪었겠는지. 우리 아들은 그 뺀질이가 얼마나 얄미웠으면 휴가 나와 밥상에 앉아 엄마한테 그 얘기부터 했겠나.

나는 분한 심정에 "아들아! 너도 우울증이라고 해! 부적응자라고 해!" 외치고 싶었으나 그런 하나 마나 한 소리는 도움이 안 될 것이므로 참았다.

그보다는 "남들 다 하는 군대도 못 마치고 반칙으로 빠져나가는 그 주제로는 사회 나와서 제대로 할 수 있는 일 아무것도 없어. 그런 거 하나도 부러워할 거 없어"라고 말해줘야 할까도 생각했다.

그런데 어쩐지 그 얘기는 나 자신에게도 공허하게 느껴졌다. 내 솔직한 심정은 "그런 훌륭한 방법을 쓸 줄 아는 인간이 계셨다니 존경스럽다. 걔는 한국 사회 어디 가서도 지름길 쏙쏙 찾아내 편하게 요령 있게 살겠구나"였기에.

그래서 이런 말밖에 못 해줬다.

"어쩜 걔는 정말로 힘들었는지도 몰라. 다른 사람 마음속 고통은 우린 알 수 없어. 걔로서는 정말 죽을 거 같아서 짜낸 방법일지도 모르는 거지."

아들에게 별로 위로가 된 거 같지는 않았다.

아들이 점심 먹고 놀러 나간 후 나는 반칙과 편법에 대해서 계속 생각했다. 특권층이나 요령 좋은 사람들만 써먹는 그 반칙과 편법에 대해서, 나 같은 서민들은 알지도 못하는 그들만의 반칙과 편법에 대해서. 그것이 불러일으키는 좌절과 분노에 대해서.

생각할수록 아들에게 해준 나의 대답은 잘못된 것 같다. 아들은 현명한 대답을 원한 게 아니고 마음속 좌절을 달래줄 대답을 원했던 거였는데 나는 현명한 소리를 하고 싶은 욕심을 못 이겼던 것 같다. "그런 요령꾼 뺀질이는 어디 가서도 적응하지 못하고 어디 가서도 인간 구실 못 해. 하나도 부러워할 거 없어"라고 해줬어야 했다.

아들이 군대에 있는 동안 읽으라고 책을 가끔 보내주는데 얼마 전에는 문유석의 『개인주의자 선언』을 보내줬다. 한국 사회에서 집단이 요구하는 사고방식으로부터 자유로운 합리적인 개인이 되자는 메시지가 담긴 책이라 아들이 읽어줬으면 싶었다. 한국인들을 불행하게 만드는 수직적 가치관, 모든 것에 순위를 매기고 줄을 세워서 평가하는 가치관에서 벗어나 개인의 작고 다양한 행복을 찾자는 저자의 메시지는 나도 평소에 기회만 생기면 입이 닳도록 하는 얘기다.

그런데 아무리 옳은 말도 부모가 하면 일단 잔소리로 들려서 귀를 닫게 되는 게 자식들 심리다. 같은 얘기를 내가 읊어주면 잘 안 듣겠지만 베스트셀러 작가의 책으로 읽으면 다르겠다는 생각에 보내줬다.

휴가 나온 아들에게 책은 재미있었냐고 물어보자 의외로 반응이 시큰둥했다. 왜 그랬을까. 어제 『개인주의자 선언』 책 표지에 있는 손석희의 "이 책의 많은 부분이 내 생각과 겹친다"는 추천사를 읽다가 아들이 왜 그랬는지 알 것도 같았다. 개인주의자 선언을 쓴 문유석은 서울대 법대를 나온 부장판사다. 손석희는 대한민국 영향력 1위인 뉴스 앵커이고. 한국 사람들이 가장 부러워하는 직업군에서 탑에 앉아 있는 사람들이 "일등이 되려고 욕망하지 마. 너만의 개성을 추구해"라고 하면 그다지 설득력 있게 들리지 않을 수도 있겠다. 자기들은 일등 자리 차고 앉아서 다 누리고 있으면서 뭔 소리인가—라는 반감이 생길 수도 있겠다.

아무래도 그런 얘기는 원하던 목표를 이루지 못한 사람인 나 같은 한량이 해야 더 공감을 얻지 않을까. 제목은 "꿈이 이루어지지 않아도 인생은 행복하다" 쯤으로 달아서.

13

**내 인생의 로또,
나의 의붓아들**

꾸역꾸역 시간이 흘러 오늘로 아들 군 복무 절반이 지났다. 남은 절반도 무사히 마치고 돌아오렴.

내가 친구들을 만나 이런 얘기를 하면 "이런 아들 바보 같으니. 장가는 어찌 보내려고 그래"와 같은 반응이 가끔 돌아온다. 그건 오해다. 나는 아들이 내 곁에 없어서 슬픈 게 아니라 감옥에 갇힌 거나 다름없는 상태인 군대에 가 있어서 슬픈 거다. 군대만 아니라면 아들이 지구 반대편에 있어도 좋고 1년에 한 번만 보고 산다 해도 괜찮다.

스무 살 된 아들은 자기 하고픈 걸 하면서 자기 인생을 살아야 한다. 스무 살 넘은 아들이 내 곁을 맴돌며 살길 바라지 않는다.

다 큰 아들이 자기 친구, 자기 애인과 노는 것보다 부모랑 노는 걸 더 편해 한다면 그거야말로 진짜 큰 걱정일 거다.

살아보니 인간은 자기와 맘에 맞는 사람 만나 잘 노는 게 중요하다. 그리고 무엇보다 혼자서 자기 안에 있는 걸 파먹으면서 잘 놀아야 한다. 파먹을 게 부족하지 않도록 꾸준히 비축해가면서 혼자 잘 놀면서 살아야 한다. 나는 우리 아들이 가족과 함께, 그리고 자기 친구들과 함께, 그리고 무엇보다 혼자 있을 때 잘 놀면서 시간을 보내는 사람이길 바란다.

뇌과학자 정재승은 『열두 발자국』에서 "행복은 예측할 수 없을 때 더 크게 다가오고 불행은 예측할 수 없을 때 감당할 만하다"고 했다. 생각지도 못했던 좋은 일이 빵 터졌을 때의 쾌감이 가장 큰 법이라는 얘기에 수긍이 간다. 또한 미리 예고된 불행이라면 그 불행이 올 때까지 기다리는 동안의 두려움과 공포가 이루 말할 수 없이 괴로울 것이다. 결국 앞날은 좋은 일이든 나쁜 일이든 모르는 것이 속 편하다는 얘기가 되겠다. 미래를 보는 크리스탈 볼은 없는 편이 낫고 삶의 불확실성이야말로 우리가 삶을 견디게 해주는 요인이다.

기대하지 않았는데 빵 터진 내 인생의 로또는 단연 우리 아들 준성이다. 의붓아들 학대만 안 해도 다행이라고 생각했었는데 사랑을 퍼내도 퍼내도 마르지 않고 샘솟는 우물이었으니 이게 로또 아니고 뭔가.

내 인생에서 이루어졌으면 좋겠다고 기대했던 많은 것들 중 어떤 것은 이루어지지 않았고 어떤 것은 소박하게나마 이루어졌는데, 경북 영천에서 탄약 창고 지키는 박준성 일병만은 유일한 "대박"이었다.

박 일병은 어째서 내 인생의 로또, 내 인생의 대박인가. 박 일병이 내 인생에 오면서 나는 비로소 행복해졌기 때문이다. 아들이 생기기 전까지 나는 세 가지 의미에서 불행했다.

첫째로는 대학 교수 같은 안정적 고소득 전문직이 되어야 성공한 인생이라고 믿었는데 그렇게 되지 못해 불행했다. 둘째로는 나는 나 자신이 싫었고 나도 싫어하는 나를 아무도 좋아해주지 않을 것 같아 불행했다. 셋째로는 이렇게 나를 싫어하게 만든 원인이 나의 엄마라고 생각하고 엄마를 원망하느라 불행했다.

서은국의 『행복의 기원』은 인간이 행복을 가장 많이, 가장 자주 느끼는 건 가족, 연인, 친구 등 가까운 인간과의 관계 속이라고 설명한다. 행복에 대한 진화심리학적 설명이다. 인간은 혼자 살아갈 수 없는 존재이므로 진화 과정에서 인간의 생존과 번식에 가장 필수적인 자원은 주위에 있는 인간들이었다. 그러니 주위 사람들과 어울리는 활동을 할 때 뇌에서 쾌감이라는 보상을 주는 식으로 진화했다는 것이다. 행복의 핵심은 가족과 친구, 동료 등 자신을 둘러싼 인간관계 속에서 느끼는 만족감이다.

엄마를 비롯해서 세상 사람 모두 나를 안 좋아하고 나도 내가 영 마음에 안 들어서 불행하던 나의 뇌가 스스로를 마음에 들어하고 옆 사람을 좋아하는 쾌감을 느끼기 시작한 건 박 일병을 키우면서부터였다. 나한테 모든 것을 의지한 어린 존재를 사랑하면서 나한테 이렇게 좋은 면이 있다는 걸 발견하고 나를 사랑할 수 있어졌다. 엄마는 심한 말을 해서 내 마음에 상처를 많이 주기도 했다. 그러나 내가 어린 의붓아들에게 베풀어주는 사랑의 원천을 내 마음에 만들어준 건 어린 시절 엄마한테 넘치도록 받았던 사랑이었다. 그걸 깨닫고 엄마에 대한 원망을 그만둘 수 있었다.

정리해보면 첫째, 아들을 키우면서 행복은 대학 교수 같은 직업적 성취가 아니라 서로를 아끼고 좋아하는 가족 관계 속에 있다는 걸 알았다. 둘째, 나의 내면에 어린 생명을 보살피는 기쁨을 아는 훌륭한 사람이 있었음을 알고 나를 좋아하게 되었다. 셋째, 그 훌륭한 사람을 키운 엄마의 사랑을 깨달아 오랜 원망에서 자유로워졌다. 아들은 나의 세 가지 불행을 멀리 날려보낸 은인이고 귀인이다. 나에게 아들은 일거삼득, 일타삼피의 로또이고 대박이다.

14

자랑을 참는 이
누가 있으랴

아들이 휴가 마지막 날인 오늘 천안 독립기념관에 가고 싶다고
해서 같이 다녀왔다. 독립기념관에 가서 두 시간 이상 방문 증명
도장을 받으면 휴가 하루를 벌 수 있다는 게 기념관 가는 이유다.
천안 근처가 집이거나 군부대가 천안 근처라면 휴가 하루를 벌
기 위해 독립기념관에 가는 것도 괜찮겠지만 우리 아들처럼 집
은 서울이고 근무지는 경상북도 영천인 군인에게는 천안에 갔
다 부대 복귀하는 걸로 하루가 다 간다.

하루 휴가를 벌기 위해서 하루를 들여서 천안에 간다? 결국
은 남는 게 없는 장사 아닌가? 하지만 자영업자들이 "광고를 하
면 광고비로 지출한 딱 그만큼의 매출이 오른다. '또이또이 쌤쌤'

이지만 광고를 안 할 수가 없다"고 말하는 걸 들어봤다. 아마 그런 비슷한 논리인 것 같았다. 아들이 가자는데 가야지 뭐.

천안 가는 두 시간 남짓 차 안에서 우리는 서로의 애환을 털어놓았다. 내 애환은 주로 이런 것이다.

"엄마가 페이스북에 이러이러한 내용의 논리정연하고 타당한 글을 썼단다. 엄마 친구들이야 모두 건강하고 합리적인 상식을 지닌 지성적인 사람들이니까 즐거운 대화를 나누게 되지. 그런데 가끔가다 어디선가 글 내용도 제대로 이해 못 하는 누군가가 나타나서 '삘댓글'을 달 때가 있어. 얼마 전에도 그런 일이 있어서 엄마 또 잔뜩 열받았잖아."

이런 얘기를 한참 듣고 난 아들은 "다른 사람들이 뭐라 하는 게 그렇게 싫으면 페북에 글을 쓰지 마. 그렇게 싫다면서 왜 다른 사람들 보라고 글을 자꾸 쓰지? 정말 이해가 안 가네"라고 말했다. 물론 거기에 대해서 나는 준비된 대답이 있다.

그래 그건 이해하기 어려울 수도 있어. 잠깐 보면 그럴 수 있어. 그런데 조금만 자세히 들여다보면 그건 이해가 가고도 남는 일이란다.

인간은 콩알만큼이라도 자랑할 게 생기면 자랑을 해야 해. 안하고는 못 견뎌. 자랑할 거리가 있으면 반드시 자랑해야 하는 게 인간이라서 페이스북이 장사가 되는 거야. 나 이런 데 가봤어요, 이런 걸 먹어봤어요, 이런 책, 이런 영화를 봤어요, 나 지금 공항이에요, 비행기 타고 어디 어디로 떠나요, 나 이런 정의로운 주장을 하겠어요, 나 이런 똑소리 나는 말을 하겠어요, 우리 애가 상을 탔어요, 우리 남편이, 아내가, 아들이, 딸이, 이런 선물을 줬어요 등등등.

기쁜 일 신나는 일이 생길 때마다 페이스북에 자랑을 하다 보면 나도 모르는 사이에 자랑을 하지 않으면 그 일이 기쁜 일, 신나는 일로 완결이 안 되는 주객전도 현상이 와. 엄마는 남들보다 콩알만큼 쬐끔 더, 글을 좀 재미있게 쓰는 게 자랑인 인간이야. 그래서 남이 보는 공간에 글을 안 쓰고는 못 견디는 거야.

한편 아들의 애환은 이러했다.

"우리가 신병일 때는 고참들이 구박하고 막말하는 거 그냥 들었어. 그런데 이제 우리가 선임인데 그런 짓 후임한테 우리는 하지 않아. 왜냐하면 우리가 일병일 때 고참을 신고해서 내보낸 적 있어서 절대 안 한다구! 그런데 이번에 신병들이 선임들이 부당한 간섭한다고 '마음의 편지'로 신고했다는군. 아 놔, 정말 기가 막혀서!"

여기다 대고 나는 "아들아, 너네가 신고한 그 선임도 '내가 신병일 땐 많이 당했지만 나는 후임한테는 별로 한 것도 없는데 말이지. 이것들이 나를 신고해? 아 놔, 정말 분하고 억울하네.' 하지 않았을까?"라는 말을 할까 싶었지만 하지 않았다. 누군지도 모르는 그 고참을 두둔해서 아들의 심기를 공연히 거스를 이유가 없으니까.

이런 이야기를 하다 보니 어느새 천안이었고 하늘은 끝내주게 파란색이었고 날씨는 선선하고 맑았으며 노란 은행잎과 빨간 단풍이 한창 예쁘게 물드는 중이었다. 이렇게 아들 덕분에 단풍 구경 잘 다녀온 하루를 보냈다고 오늘도 나는 늘어지는 자랑을 남들 보라고 쓰는 일기장인 페이스북에 쓸 것이다.

15 전역이란 무엇인가

"전역을 한다는 건 어떤 걸까? 기상나팔 소리 안 듣고 아침에 일어난다는 건 어떤 걸까? 자다가 일어나서 보초 서러 가지 않아도 된다는 건 어떤 걸까?"

가까운 기차역에 데려다주는 차 안에서 아들이 한 얘기다. 연말 연초를 끼고 휴가를 나왔던 아들은 "전역이란 무엇인가?"라는 철학적 의제를 남기고 어제 귀대했다.

두 주일 있다가 다음 두 주일 동안 말년 휴가를 나올 것이고 다시 들어가서 두 주일 더 복무하면 끝이다. 제대다. 전역이다. 기상나팔 소리를 들으며 아침에 일어나지 않아도 되는 전역! 자다가 일어나 보초 서지 않아도 되는 전역!

재작년 5월 말에 아이를 입대시키고 눈물 콧물을 흘려가며 하소연이 길었을 때, 주위에서 아들 입대를 먼저 경험한 많은 이들이, "세월 금방이다. 좀 있다 보면 '왜 이렇게 자주 휴가를 나오나', 귀찮은 날이 올 것"이라고 위로의 말씀을 주셨다. 지나고 보니 그 말씀이 꼭 맞지는 않았다. 특히 휴가가 왜 이렇게 잦아—라는 말을 할 일은 끝내 없었다. 아들이 간 부대가 워낙 휴가를 박하게 주는 곳이라서 그렇기도 했고 휴가를 나와서도 항상 여친하고 보내느라 집에는 도통 붙어 있질 않아서 그렇기도 했다.

이번 연말 휴가는 여친과 헤어진 후 첫 휴가였다. 아들은 처음으로 4박 5일을 통째로 집에서 보냈다. 닷새 동안 아들의 삼시세끼니를 챙기면서, "전 여친이 큰일 해줬구나" 다시 한번 고마움을 떠올리며 잠시 숙연해지기도 했다.

아들이 군대 간 후 아들 방으로 침실을 옮겼던 남편과 부득이 나흘 밤을 옹색하게 한 침대에서 잤다. 남편이 아들 방으로 옮겨 간 후 너무 편하고 좋아서 다시는 남편과 한 침대에서 못 잘 거라고 생각했는데 막상 자보니 또 못 잘 것도 없었다. 역시 사람은 웬만하면 다 형편에 적응하며 살게 돼 있다.

6주만 있으면 전역이라는 사실 때문에 어제 기차역에 데려다주는 마음은 그 어느 때보다 가벼웠다. 가벼운 정도가 아니고 이

전의 슬프고 울적하고 누구를 향하는지 알 수 없는 분노로 가슴이 뻑뻑하게 미어지던 것과는 완전히 차원이 달랐다. 이렇게 인생의 한 단계가 또 흘러가는구나—라는 감회가 이전의 분노를 대체했다.

타인을 좋아하지 않는 나, 어느 정도인가 하면 나를 낳고 키워준 엄마 아빠도 안 좋아했던 나, 같이 사는 남편도 안 좋아하는 나, 그러니 세상 누군들 좋아하는 사람이 있을 리가 없는 나, 기본적으로 내가 나를 안 좋아했기 때문에 그래서 아무도 좋아할 수 없었던 나, 그러므로 평생이 불행했던 나. 그런 나에게 생겨난 기적 같은 아들 준성이. 그야말로 하늘에서 뚝 떨어진 것같이 신기한, 내가 유일하게 좋아하는 사람인 내 아들. 내 인생의 하나뿐인 기적이고 최고의 행복이고 사랑인 내 의붓아들. 떨어지는 나뭇잎도 조심하라는 군대 말년 부디 무사히 잘 보내고 어서 돌아오렴.

16

오늘 아들이 마지막 휴가를 나온다. 두 주일 휴가 나왔다 들어가서 두 주일을 마저 채우면 군 복무 끝! 마침내 "디엔드"다!

이틀 전 아들과 통화를 했는데 아이 목소리 중 이렇게 밝은 톤도 있었는지 깜짝 놀랐다. 제대 한 달 전부터 근무 열외라서 이제 더 경비 설 일 없다는 얘기를 하는 목소리는 지난 1년 8개월 동안 통화했던 목소리와 완전히 색깔이 달랐다. 사람이 바뀐 것처럼 말투가 달랐다. 이렇게 밝게 들뜬, 경쾌하게 들리는 톤으로도 말할 수 있는 아이란 걸 마치 처음 알게 된 것 같았다. 그동안 얼마나 싫고 지겹고 진절머리가 났으면 그랬단 말인가, 또 군대에 대한 분노가 치밀어 올랐다.

이 분노에 더는 멱살 잡히지 않아도 되는 전역이 곧 다가와서 좋다. 아들 전역이 좋은 건 아들이 내 곁에 돌아와서, 아들을 마음대로 볼 수 있어서 좋은 게 아니다. 아들이 저런 경쾌하게 들뜬 목소리를 못 냈을 정도로 지긋지긋했던 곳에서 더 안 살아도 된다는 사실이 좋은 거다.

아들이 군대에 가서 슬펐던 건 아들을 옆에 두고 못 봐서가 아니라 한창 좋은 젊은 시간에 자유가 구속되어 나라가 시키는 강제 노역을 하러 가는 게 슬퍼서였고, 이제 아들이 제대해서 기쁜 건 내가 아들 얼굴을 마음대로 볼 수 있어서가 아니라 아들이 그 지겨운 구속에서 풀려나기 때문이다. 나와 아들 관계에서는 언제나 아들이 중심이고 우선이다.

아들이 군대 입대하기 얼마 전에 아들의 친엄마와 통화했을 때였다. 그동안 아들 친엄마는 항상 나에게 전화를 걸어서 나와 인사를 주고받고 아들 근황도 물은 다음에 아이를 바꿔달라고 해서 통화를 하곤 했다. 아들에게 직접 전화 걸어도 될 텐데 항상 나를 통하길래 가장 가까운 사람인 내가 보는 아이 모습이 궁금해서 그런가 보다 했었다. 그러다가 어느 날 입대 전 통화를 하면서 문득, 그동안 이 엄마는 자기가 나를 빼고 직접 아이와 통화를 하면 내가 싫어할까봐 그랬다는 느낌이 왔다. 그렇지 않은

데. 그럴 필요 없었는데.

아들에게 생기는 모든 일에 있어서 중심은 내가 아니라 항상 아들이었다. 어떤 일이든 그 일로 아들 마음이 기쁠지 아니면 힘들지가 가장 중요했지, 그 일로 인한 내 기분은 아무 상관 없고 중요치 않았다. 미국에 살기 때문에 만나볼 수는 없는 친엄마가 전화라도 자주 해서 아이와 가깝게 지내는 것은 아이 마음에 좋은 일일 것이므로 나에게도 좋다. 내가 우선이 아니고 아들이 우선이므로 친엄마와 아들이 잘 지내는 건 나에게 아무 문제가 될 수 없다. 타인과의 관계에서 자신이 아니고 타인이 우선이고 중심이 될 수 있는 건 자식과의 관계가 유일한 것 같다.

아들 다음으로 가까운 사람인 남편과 엄마를 생각해보면 그 차이가 분명하다. 엄마나 남편은 나한테 잘해주고 내 기분 좋게 대해줄 때면 예쁘고 내 기분 상하게 하거나 내 마음 아프게 할 때면 밉다. 나에게 잘해주면 좋고 나한테 못하면 싫어지는 것. 아무리 가까운 식구라도 타인에 대한 감정은 이렇게 단순하고 명쾌한 원리에 따라 작동한다. 가족 외의 타인이야 더 말할 것도 없다.

그리고 엄마와 남편의 경우, 상대방이 너무 미울 때면 어떤 고약한 말로 상대방을 괴롭힐까 하고 오래오래 궁리한다. 이보다 더 심한 소리는 없나, 이보다 더 아프게 할 말은 없을까 하면서 있는 지능을 총동원해서 찾는다. 물론 그렇게 찾아낸 말을 입밖에 내어 말하지는 않는다. 나는 성격 파탄자가 아니므로. 입 밖에 꺼내어 말할 건 아니지만 분한 마음이 풀리지 않는 동안 속으로 복수의 칼날을 간다는 얘기다.

그런데 자식하고는 다르다. 준성이도 나한테 화낼 때가 있고 미운 소리 할 때가 있다. 그럴 때면 나도 화가 나지만 아이를 상대로 상처 입힐 말을 마음속으로 찾지는 않는다. 순간적으로 화는 치밀지만 조금 지나고 나면, 저렇게 나한테 퍼부었으니 내 새끼 마음이 시원하겠구나, 그럼 된 거지 뭐—라고 정리가 된다.

자식이 생기는 건 누구에게나 기적 같은 일이다. 자식으로 인해 인생은 완전히 달라진다. 모든 일, 모든 관계에서 본인이 중심이었다가 본인보다 앞서고 중요한 존재가 생기고 난 후의 세상은 그 전의 세상과 완전히 다르다. 인생을 완전히 바꾸는 기적은 배 아파 아이를 낳지 않은 나 같은 부모에게도 일어난다. 혈육이 아니어도 기적을 체험하는 사람들은 세상에 얼마든지 많다.

어린아이를 품에 끼고 살다 보면 기적이 일어난다. 돌봄의 시간은 기적을 만든다. 내가 돌보지 않으면 안 될 존재, 그의 운명이 전적으로 내 손에 맡겨진 존재, 그런 존재를 보살피는 시간이 일궈낸 기적이다.

17

아들이
돌아왔다

아들이 제대했다.

아들이 집에 돌아왔다.

조국의 노예에서 우리 집 왕자님으로 복귀하였다.

맺는 말

오래전 일이다. 한 출판사로부터 책을 내자는 제안을 받은 적 있다. 나더러 글을 쓰라는 제안은 아니었고 아이템을 줄 테니 진행과 편집을 맡아보라는 거였다. 책 내용은, 오피니언 리더급 여성 유명인사들로부터 "스무 살의 나에게 보내는 편지"라는 원고를 받아 묶어내보자는 기획이었다. 전에 내가 여성 잡지사 다니면서 인터뷰했던 여성 유명인사들 중심으로 섭외해서 20여 명 정도의 원고를 받아 책으로 내자는 게 출판사 측 제안이었다.

유명인사한테 원고 청탁을 해본 사람은 알겠지만 유명인사에게 원고 받는 건 쉬운 일이 아니다. 그게 만만한 일이 아니라는 걸 알면서도 그때 내가 하겠다고 나섰던 건 "스무 살의 나에게 하고 싶은 말"이라는 주제가 꽤 호소력 있게 들렸기 때문이었다. 유명인사든 아니든 누구나 젊은 시절의 나를 만난다면 해주고 싶은 얘기가 있지 않겠어? 누구나 금방 쉽게 쓸 수 있는 내용일 거 같은데!—라는 생각으로 덥썩 제안을 물었다.

그래서 전에 인터뷰 기사를 쓴 인연으로 연락처를 알던 이들을 중심으로 대한민국 여성 유명인사 원고청탁 섭외에 들어갔는데. 한 달 남짓 열심히 전화통을 돌려보고 이메일로도 간곡히 애원해봤지만 원고를 주겠다는 사람이 스무 명은커녕 다섯 명도 안 되는 바람에 결국 기획안을 접고 말았다.

오래전 이 일이 떠오른 건 이 책을 쓰다 보니 지금 이십 대 초반인 아들에게 주고 싶은 말을 모아놓은 모습이 됐기 때문이다. 스무 살로 돌아가 나에게 하고 싶은 얘기라는 건 결국 지금 스무 살인 아들에게 해주고 싶은 얘기일 테니까.

타임머신을 타고 돌아가 이삼십 년 전의 나를 만난다면 해주고 싶은 얘기 일 순위는 물론, 삼성전자 주식을 사모으라든가, IMF가 왔을 때 집안 현금 총동원해서 땅과 집을 사 놓으라는 얘기겠지만 그런 얘기 말고 일종의 삶의 지혜를 전하고 싶다면 무슨 얘기를 하고 싶을까.

스무 살의 나에게 가장 하고 싶은 이야기는 "꿈을 향해 더욱 더 가열차게 달려라"는 아니다. 그보다는 "원하는 것을 얻지 못하더라도 너무 자신을 미워하지 마라"이다. 20대 중반에서 30대 중반 사이 일생에 한 번뿐인 가장 눈부신 청춘 시절에 한국에서 대학 교수 되긴 다 틀린 게 너무 원통하고 절망스러운 나머지 하루 종일 집 안에 틀어박혀서 싸구려 포도주만 마시고 있었던 그때의 나에게 가서 말해주고 싶다. 그렇게까지 불행해하지 않아도 되니 일어나서 쇼핑이라도 하러 나가라고 말해주고 싶다.

머지않아 눈은 침침하고 기억력이 쇠퇴해 아침에 읽은 글 점심 먹고 나면 생각이 안 나는 날이 금방 온다, 피씨 앞에서 글 좀 쓰려면 손목이 떨어져나가고 어깨가 빠지는 것 같아서 책 읽고 공부할 엄두가 안 나는 날이 네가 생각하는 것보다 훨씬 빨리 오니까 대학 교수 못 됐다고 신세 한탄할 그 시간에 아직 안 침침한 눈과 아직 안 아픈 어깨로 더 돌아다녀보라고 말해주고 싶다. 물론 눈 침침하고 건망증 심하고 오십견에 시달리는 대학 교수가 눈 침침하고 건망증 심하고 오십견에 시달리는 한량보다 훨씬 낫기야 하겠지만 그렇게까지 그런 꼴로 인생 다 끝난 것처럼 주저앉을 일은 아니라고, 그러고 있지 말고 브라질 사는 동안 페루니 볼리비아니 아르헨티나니 옆 나라로 배낭여행이라도 다녀오라고 말해주고 싶다.

그러다 보니 책 내용이 "아들아, 너는 이렇게 살아라" 식의 훈계가 많이 들어간 것 같은데 그럴 의도는 아니었다. 나는 이 책이 아들을 향한 가르침의 전달이 아니라 아들이 내게 준 사랑과 공감에 대한 감사이기를 바란다. 중간중간에 가르침의 내용이 들어갔다면 그건 내 지난날에 대한 회한이 너무 짙은 나머지 어쩔 수 없이 배어나왔을 뿐 가장 전하고 싶은 메시지는 내 마음을 알아주고 내 사랑에 조응해줬던 아들 덕분에 엄마가 얼마나 행복했는지 모른다는 그래서 고맙다는 인사다.

그 고맙다는 인사를 집에서 아들한테만 해도 되었겠지만 굳이 책으로 내고 싶었던 이유는 이러하다. 우리는 인생에서 행복해지려면 기본적인 몇몇 조건들을 갖춰야 한다는 사고방식을 은연중에 주입받는다. 이를테면 건강한 신체, 잘생긴 외모, 혈연으로 이어진 가족, 좋은 학벌, 안정적인 직장, 가끔 해외여행을 할 수 있을 만한 금전적 수입 등이 그 조건들이다. 세상에는 이모든 조건을 갖추고 사는 사람들도 있지만 그중 몇 가지는 없이 사는 사람들도 많다. 특히 살다 보면 이런 조건들은 있다가도 없어지고 없다가도 생긴다.

살다 보면 사고가 나서 장애인이 되기도 하고 살다 보면 재혼가정을 꾸리기도 한다. 그리고 그런 일이 생기더라도 사람들은 행복하게 살 수 있다. 행복은 조건이 완벽하게 구비되어야 주어지는 게 아니라 가까이 있는 사람들을 사랑할 때 느끼는 것이기에 그렇다. 의붓부모와 의붓자식도 그런 사랑과 행복을 누리며 살 수 있다는 이야기가 하고 싶어서 이 책을 썼다.

책을 마무리하자니 17년 전 결혼을 앞두고 내가 과연 의붓자식을 잘 키울 수 있을지, 스스로가 못미더워서 오래 망설이고 고민했던 시간이 주마등처럼 떠오른다. "검은 머리 짐승은 거두는 게 아니다" 같은 부정적인 세상 말에 불안했던 시간이었다. 재혼 가정에 대한 그런 부정적인 세상 인식에 떠밀려 마음 굽히지 않기를 얼마나 잘했는가. 내 안의 연민과 사랑을 믿고 결혼을 결심한 것은 정말 다행이었다. 그런 결정을 내린 덕분에 지난 17년 동안, 아이를 키우기 전에는 이 세상에 있는 줄 미처 몰랐던 행복을 실컷 맛보며 살았다.

우리 사는 세상에는 완벽하지 않은 조건에 있는 사람들에게 생길 수 있는 불화와 갈등을 부각시키는 부정적인 낙인이 많다. 그러나 사람에게는 약하고 여린 존재에 대한 따스한 온정과 배려, 애틋한 연민과 공감이라는 긍정적인 감정도 많다. 부정적인 낙인은 부지런히 내려 놓고 긍정적인 감정은 서로 열심히 부추기고 띄워주는 세상이 되길 바란다. 이 책이 그런 세상으로 가는 길을 더 넓게 여는 작은 손짓이 되었으면 좋겠다.

이제는 다 커서 군대 다녀온 대학생이지만 지금도 아들을 바라보는 내 눈에는 그 옛날 처음 같이 살게 되었을 때의 여덟 살 사내아이가 보인다. 자식은 아무리 나이가 들어도 부모 눈에는 어린애라는 말이 그래서 있는가 보다. 마음이 어둡고 울적하다가도 그 여덟 살짜리 아이가 내 삶을 바꿔 놓은 마법을 떠올리면 흐린 구름 사이로 햇살이 퍼지는 것처럼 환해지고 따뜻해진다. 내 품에 왔을 때부터 지금까지 아들은 항상 그런 존재였다.

인생에서 갖고 싶었으나 갖지 못했던 것들로 인해 가슴에 쌓여 곪아가던 원망과 울분은 아들이 웃는 얼굴을 보면 봄볕에 눈 녹듯 사라지곤 했다. 나더러 재워달라고 먹을 걸 달라고 조르는 고운 입술을 쳐다보면 너무 좋아서 마음이 녹아내리는 것 같던 여덟 살짜리가 이제는 아니지만 아들의 효험은 지금도 변함없다. 마음 밑바닥에 단단히 들러붙어 독을 뿜던 온갖 비관과 불행한 생각들은 아들이 옆에 있으면 어느새 흐늘흐늘해지면서 스르르 분해되어 흩어진다.

내가 어릴적 즐겨보던 티비 프로그램으로 《장학퀴즈》가 있었다. 수년에 걸쳐 시청했던 장학퀴즈에서 딱 한 장면이 나에게 아주 인상적이었고 그 후로 오랫동안 기억에 남았다.

우승자가 결정된 후 진행자가 축하 인사와 더불어 두어 가지 질문을 던지는 짧은 인터뷰였는데 "가장 존경하는 인물이 누굽니까?"라는 질문에 그 우승 남학생은 결연한 표정과 말투로 "저는 세상에서 우리 아버지를 가장 존경합니다"라고 말했다.

그 당시 어린 나에게는 그 장면이 굉장히 신선한 충격이었다. 90년대 이후로 집단보다 개인의 의미가 부각되고 한국 사회에서도 가족을 중심으로 하는 개인의 행복이 최우선 순위가 됐지만 그때는 지금과는 조금 다른 시대였다.

그때는 예를 들자면 아내와 자식을 죽이고 전쟁에 나간 계백 장군의 용맹과 조국애가 칭송받던 '이상한' 시대였다. 존경하는 인물이 누구냐는 질문에 이어지는 아이들 대답이 '아버지'나 '어머니'인 경우는 좀처럼 없었고 대체로 이순신 장군이나 세종대왕, 박정희 대통령이던 시절이었다.

장군이나 대왕이나 대통령이 아니라 아버지를 존경하는 것도 신기했지만 개인적으로 더욱더 나에게는 "아니, 부모를 존경하다니, 그럴 수도 있나?"라는 놀라움이 더 컸다. 당시 어린 나에겐 부모님은 존경은 그만두고 좋아하기도 힘들었기에 그랬다.

부모를 존경하는 사람이 있다는 건 나에게는, 우리가 세계여행 다큐에서 천장부터 바닥까지 돈으로 처바른 중국 대부호의

집을 보거나 일 년 열두 달 눈 덮인 산으로 가축을 몰고 가는 히말라야에 사는 사람들을 보면서 "우와! 세상에는 저렇게 사는 사람들도 있구나" 할 때의 그 경이로움 같았다.

그랬는데 어느 날 하루는 아들한테서 밑도 끝도 없이 "엄마 존경해요"라는 문자가 빼꼼 날라왔다. "아니 갑자기 왜? 용돈이 필요해?"라고 물었더니, 수업 시간에 가장 존경하는 사람에게 얘기하라고 해서 그랬단다. 그 순간 먼 옛날부터 기억 속에 있었던 장학퀴즈 에피소드가 떠오르면서 감동의 도가니 그 자체였다. 생각해보면 수업하다 말고 문자를 보낼 수 있는 존경하는 사람으로는 대부분 부모일 테니 열 중 아홉이 부모에게 보냈겠지만 그렇다고 해도 좋았다.

마흔 살에 엄마, 그러니까 의붓엄마가 된 후로 삶에서 원했던 건 오로지 한 가지였다. 좋은 엄마, 사랑받는 엄마가 되고 싶단 거, 그거 하나뿐이었다. 아들의 문자를 들여다보며 나는 성경 속 골고타언덕의 "다 이루었도다"가 떠오를 정도로 필생의 소원을 이룬 심정이다. 나는 좋은 엄마가 되었고 아들에게 사랑받는다. 그래서 행복하다. 얼마나 좋은지 모른다. 이번 생에서 나는 더 바랄 것이 없다.

참고자료

책

『누구를 위하여 그리고 무엇 때문에』. 마거릿 미드 지음. 강신균 외 옮김.
　　문음사. 1987.

『천의 얼굴을 가진 영웅』. 조지프 캠벨 지음. 이윤기 옮김. 민음사. 2018.

『황금방울새』. 도나 타트 지음. 허진 옮김. 은행나무. 2015.

『우리 아이 괜찮아요』. 서천석 지음. 위즈덤하우스. 2014.

『오리엔탈리즘』. 에드워드 W. 사이드 지음. 박홍규 옮김. 교보문고. 2015

『환대받을 권리, 환대할 용기』. 이라영 지음. 동녘. 2018.

『노란집』. 박완서 지음. 열림원. 2013.

『물밑에 달이 열릴 때』. 김선우 지음. 창작과 비평사. 2002.

『곰스크로 가는 기차』. 프리츠 오르트만 지음. 안병률 옮김. 북인더갭. 2018.

『단 한 번의 연애』. 성석제 지음. 휴먼앤북스. 2012.

『스킨 인 더 게임』. 나심 니콜라스 탈레브 지음. 김원호 옮김. 비즈니스북스.
　　2019.

『흡연 여성 잔혹사』. 서명숙 지음. 웅진닷컴. 2004.

『1Q84』. 무라카미 하루키 지음. 양윤옥 옮김. 문학동네. 2009.

『하마터면 열심히 살 뻔했다』. 하완 지음. 웅진지식하우스. 2018.

『개인주의자 선언』. 문유석 지음. 문학동네. 2015.

『열두 발자국』. 정재승 지음. 어크로스. 2018.

『행복의 기원』. 서은국 지음. 21세기북스. 2014.

영화

《그랜드 부다페스트 호텔》. 웨스 앤더슨 감독. 2014.

《원더풀 라이프》. 고레에다 히로카즈 감독. 1998.

《아내의 자격》. 안판석 감독. 2012.

《카란디루》. 헥토르 바벤코 감독. 2004.

《상어》. 박찬홍, 차영훈 감독. 2013.

《유나의 거리》. 임태우 감독. 2014.

《위플래쉬》. 데이미언 셔젤 감독. 2014.

《말죽거리 잔혹사》. 유하 감독. 2004.

《족구왕》. 우문기 감독. 2013.

《겟 아웃》. 조던 필 감독. 2017

오진영

1966년에 서울에서 태어났다. 서울대학교 인류학과를 졸업하고 브라질 상파울루 주립대학 인류학 석사과정을 수료했다. 대학교수가 되려고 브라질 유학을 갔으나 학위를 취득하지 못해 좌절과 우울의 세월을 보냈다. 그러다 보니 꿈이 이루어지지 않은 보통 사람들이 행복해지는 이야기에 관심을 가지게 되었다. 12년의 브라질 생활을 마치고 귀국한 후에 신문사 기자와 잡지사 리포터로 일했고 포르투갈어 문학 책들을 번역했다. 지금은 재혼으로 만난 남편과 아들과 고양이 한 마리와 함께 산다. 옮긴 책으로 『불안의 책』, 『결혼식 전날 생긴 일』, 『알레프』, 『스파이』, 『지평선』, 『우리의 이야기는 반짝일 거야』, 『비 너머』가 있다

새엄마 육아 일기

1판 1쇄 펴냄 2021년 5월 21일
1판 2쇄 펴냄 2021년 6월 8일

지은이 　오진영
펴낸이 　정성원·심민규
펴낸곳 　도서출판 눌민

출판등록 2013. 2. 28 제25100-2017-000028호
주소 　서울시 은평구 가좌로11가길 30, 301호 (03439)
전화 　(02) 332-2486 　　팩스 　(02) 332-2487
이메일 　nulminbooks@gmail.com
인스타그램·페이스북 nulminbooks

ISBN 979-11-87750-43-7 03810